JN083130

音数で引く 春 俳句歳時記

Naoki Kishimoto
岸本尚毅＝監修

西原天気＝編

草思社

音数で引く俳句歳時記・春

岸本尚毅監修・西原天気編

はじめに

岸本尚毅

俳句は五七五の定型詩です。五七五の形にきれいに並んだ言葉の美しさは俳句の大きな魅力です。四季折々の風物である季語を詠みこむこともまた、俳句の魅力です。

定型と季語。俳句にとって大切なこの二つの事柄を、句作のさいには同時に考える必要があります。しかし、それが案外難しい。

例を挙げましょう。「針山も見えて彼岸の尼の居間」という句があります。尼寺をふと覗くと、裁縫道具の針山が見えた。尼寺に針山を見つけたことがこの句のテーマですが、彼岸という季語がはたしてうまく効いているかどうか。

もう一つ問題があります。「針山」と「尼の居間」とが上五と下五に分かれている。尼の居間に針山が見えるのですから、「針山」と「尼の居間」はなるべく近づけたい。だからといって「針山も見えて尼の居間」では五七におさまらない。

さて、どうするか。この句は一年後に「針山も見えて尼寺梅の花」という形で再度発表されました。「針山も見えて尼の居間」から「居間」を省略して「針山も見えて尼寺」としたのはじょうずな推敲です。すると下五には季語が来るわけですが、「針山も見えて尼寺彼岸なり」ではうまくない。「針山も見えて尼寺○○○○○」の下五にぴったりの季語は、さて何でしょうか。裁縫道具が外から見えるような、小さな尼寺のたたずまい。静かな情景ですから、花の季語がよさそうです。

この句の作者は高浜虚子。「梅の花」という、あっさりとした季語を見つけたところはさすが虚子先生です。

虚子の頭の中には「針山も見えて尼寺」に続く五音の季語の候補がいくつも浮かんだことでしょう。そんな頭の働きをすこしでも真似したいものです。そこでこの『音数で引く俳句歳時記』の出番です。五音の花の季語にはどんなものがあるのだろうか。八重桜、リラの花、雪柳などなど。

虚子は「梅の花」にしましたが、読者の皆さんはこの本を使って別の季語を見つけるかもしれません。

この本が読者の皆さんに、季語との良き出会いをもたらすことを期待しています。

目次

9音の季語　179

10音以上の季語　181

凡例

●本書は、春（立春から立夏の前日まで）の季語を対象にしています。初春・仲春・晩春の区別はおおむね旧暦一月・二月・三月に対応しています。

●見出し語の下に、読みを、現代仮名遣い・歴史的仮名遣いの順で記しています（同じ場合は前者のみ）。

●見出し語のあとに関連季語を音数別に挙げ（例：藤 4音 山藤（やまふじ） 藤棚（ふじだな） 藤房（ふじふさ） 5音 藤の花（ふじのはな） かかり藤（ふじ））、続いて、見出し語と同じ音数の関連季語を立項しています。関連季語は、それぞれの音数にしたがい、所定の章にも立項し、主要季語のページ数を記しています。

●音数は俳句の通例に従い、拗音（ようおん）（きゃ、しゅ、ちょ等）、撥音（はつおん）（ん）、促音（そくおん）（っ）を1音と数えています。

例：立春（りっしゅん）＝4音

●振り仮名は原則として現代仮名遣いを用いています。ただし送り仮名が歴史的仮名遣いの場合は振り仮名も歴史的仮名遣いとしています。例：咥へる＝咥（くは）へる

●例句は、元の掲載時に振り仮名がない場合も、適宜、難読語等に振り仮名を記しています。

●季語についての解説は、本書の用途の性質上、最小限にとどめています。

2音の季語

2音　時候

春　はる　三春

例　バスを待ち大路の春をうたがはず　石田波郷

例　日くれたり三井寺下りる春の人　暁台

例　春は白い卵と白い卵の影と　富澤赤黄男

例　死にゆく春8ミリフィルム繙けば　守屋明俊

例　野に春に吉事と雨とゆらゆら　阿部完市

例　少年や六十年後の春の如し　永田耕衣

例　春なれや水の厚みの中に魚　岩田由美

例　先ゆくも帰るも我もはるの人　白雄

4音　**陽春**（ようしゅん）　**芳春**（ほうしゅん）　**東帝**（とうてい）　**青帝**（せいてい）　**蒼帝**（そうてい）　**三春**（さんしゅん）　**九春**（きゅうしゅん）

2音　天文

東風　こち　三春

春になり太平洋上から陸に向かって吹く風。

例　ぱらぱらと来たりて東風の雀かな　岸本尚毅

例　のうれんに東風吹くいせの出店哉　蕪村

3音　**正東風**（まごち）

4音　**こち風**（かぜ）　**強東風**（つよごち）　**夕東風**（ゆうごち）　**朝東風**（あさごち）　**梅東風**（うめごち）　**あめ東風**（ごち）

5音　類　**雲雀東風**（ひばりごち）　**鰆東風**（さわらごち）　**桜東風**（さくらごち）　**いなだ東風**（ごち）

霾　ばい　三春　⇩霾（つちふる）（43頁）

野馬　やば　三春　⇩陽炎（かげろう）（44頁）

2音　生活

野火　のび　初春　⇩野焼（のやき）（20頁）

例　父や若しおもてあげれば野火の色　八田木枯

例　火付役逃げ腰に野火放ちけり　能村登四郎

毛蚕　けご　晩春　⇩蚕飼（こがい）（21頁）

海女　あま　晩春

例　かりそめの泡ならず海女潜りをり　津田清子

3音　**磯人**（いそど）

4音　**磯海女**（いそあま）　**沖海女**（おきあま）　**磯桶**（いそおけ）

凧　たこ　三春

例　夕空や日のあたりたる凧一つ　高野素十

例　りんりんと凧上りけり青田原　一茶

3音　**絵凧**（えだこ）　**字凧**（じだこ）

4音　**凧揚げ**（たこあげ）　**凧の尾**（たこのお）　**切れ凧**（きれだこ）

5音　**紙鳶**（いかのぼり）　**凧**（いかのぼり）　**奴凧**（やっこだこ）　**凧の糸**（たこのいと）　**凧日和**（たこびより）

6音　**凧合戦**（たこがっせん）　**ばらもん凧**（ばらもんだこ）

2音　行事

雛　ひな　仲春　⇩雛祭（ひなまつり）（99頁）

御忌　ぎょき　晩春

浄土宗の開祖、法然（円光大師）の命日、旧暦一月二十五日。またその日の法要。

5音　**法然忌**（ほうねんき）　**円光忌**（えんこうき）　**御忌詣**（ぎょきもうで）

2音　動物

蝌蚪　かと　晩春　⇩お玉杓子（たまじゃくし）（146頁）

例　川底に蝌蚪の大国ありにけり　村上鬼城

例　氏素姓一塊りの蝌蚪生る　佐々木六戈

例　あと二回転職をして蝌蚪になる　矢口晃

例　不惑なり蝌蚪のあげたる泥けむり　小川軽舟

雉　きじ　三春

例　男あり雉の羽音に胃を病むらし　金子兜太

3音　**きぎし**　**きぎす**

5音　**雉の声**（きじのこえ）

6音　**雉のほろろ**（きじのほろろ）

鷽 うそ 三春

アトリ科の小鳥。口笛のような鳴き声。

例 鷽鳴くや山頂きに真昼の日 相馬遷子

かど 晩春 ⇩鰊（25頁）

めじ 三春

黒鮪（サバ科）の幼魚。

4音 **くろめじ**

5音 **めじまぐろ**

鱒 ます 晩春

4音 **紅鱒** **鱒釣り**

5音 **鱒上る**

ちか 三春 ⇩公魚（64頁）

つぶ 三春 ⇩栄螺（26頁）

蚶 きさ 三春 ⇩赤貝（65頁）

馬刀 まて 三春 ⇩馬刀貝（65頁）

蜷 にな 三春

淡水産の川蜷と海水産の海蜷、磯蜷がある。俳句では主に前者。這った跡が道のように見える。

例 此辺の蜷の按配見に来たり 飯島晴子

4音 **川蜷** **磯蜷** **海蜷**

5音 **蜷の道**

海胆／雲丹／海栗 うに 晩春

例 雲丹割くやおろかな日日のつづきをり 角川源義

例 プール鹹からず貝殻も雲丹もなし 平畑静塔

5音 **馬糞雲丹**

6音 **紫雲丹**

蝶 ちょう てふ 三春

様々な種類があるが、揚羽蝶の類は夏の季語。

例 うまれたるばかりの蝶のもつれけり 久保田万太郎

例 日光に溺れやまざる蝶の飢 高山れおな

例 蝶墜ちて大音響の結氷期 富沢赤黄男

例 瞬いてもうどの蝶かわからない 池田澄子

例 吹かれ来て蝶に見知らぬ山河かな　山田耕司

3音 黄蝶（きちょう）　胡蝶（こちょう）

4音 粉蝶（しろちょう）　蝶々（ちょうちょう）

5音 紋黄蝶（もんきちょう）　小灰蝶（しじみちょう）　蛺蝶（たてはちょう）　瑠璃蛺蝶（るりたては）　斑蝶（まだらちょう）　蛇の目蝶（じゃのめちょう）　蝶の昼（ちょうのひる）

6音 紋白蝶（もんしろちょう）　浅黄斑蝶（あさぎまだら）

蜂　はち　三春

例 窓近き目覚めに蜂の全き屍　桂信子

例 朝刊に日いつぱいや蜂あゆむ　橋本多佳子

例 うなり落つ蜂や大地を怒り這ふ　高浜虚子

3音 巣蜂（すばち）　地蜂（じばち）

4音 花蜂（はなばち）　蜜蜂（みつばち）　熊蜂（くまばち）　土蜂（つちばち）　穴蜂（あなばち）　雄蜂（おすばち）　蜂飼ふ（はちかふ）　蜂の子（はちのこ）　蜂の巣（はちのす）　蜂窩（はちのす）

5音 熊ん蜂（くまんばち）　小花蜂（こばなばち）　雀蜂（すずめばち）　女王蜂（じょおうばち）　蜂の針（はちのはり）　蜂の箱（はちのはこ）

6音 足長蜂（あしながばち）　働蜂（はたらきばち）

7音 黒雀蜂（くろすずめばち）

虻　あぶ　晩春

例 大仏の鼻の穴より虻一つ　正岡子規

例 斯う斯うと虻の案内や不二詣　一茶

例 大いなる輪を描きけり虻の空　高野素十

3音 黄虻（きあぶ）

4音 姫虻（ひめあぶ）　花虻（はなあぶ）　青虻（あおあぶ）

2音　植物

梅　うめ　初春

例 二もとの梅に遅速を愛すかな　蕪村

例 こゝぢやあろ家あり梅も咲て居る　正岡子規

例 梅咲いて庭中に青鮫が来ている　金子兜太

3音 野梅（やばい）　梅見（うめみ）

4音 飛梅（とびうめ）　盆梅（ぼんばい）　梅が香（うめがか）　白梅（はくばい）　紅梅（こうばい）　老梅（ろうばい）　梅林（ばいりん）　梅園（ばいえん）　観梅（かんばい）

5音 **梅の花　臥竜梅　枝垂梅　梅の里　梅屋敷　梅の宿　夜の梅　闇の梅**

6音 **青竜梅　残雪梅　残月梅　鶯宿梅　梅の主**

花　はな　晩春

俳句で単に「花」とあれば桜を指す。

例 花にうき世わが酒白く飯黒し　芭蕉

例 咲き満ちてこぼるゝ花もなかりけり　高浜虚子

例 一山の花ながれゆく谷の空　飴山實

例 花の上に押し寄せてゐる夜空かな　村上鞆彦

例 花満ちて砂粒ひとつひとつ見ゆ　岸本尚毅

例 花満ちて玉の如くにふるへをり　岸本尚毅

4音 **花片**

5音 **花の雲　花の主　花の庭　花の門　花明り　花盛り　花便り　花惜しむ**

6音 **花の都　花の名残　花の主**

飛花　ひか　晩春

⇩落花（28頁）

例 ここ此処と振る手儚し飛花落花　池田澄子

リラ　晩春

⇩ライラック（116頁）

藤　ふじ　ふぢ　晩春

蔓性の落葉灌木。薄紫色で四弁の花が垂れて開く。

例 藤咲いて天のしづけさ垂れにけり　鷲谷七菜子

4音 **山藤　藤棚　藤房**

5音 **藤の花　かかり藤**

李花　りか　りくわ　晩春

⇩李の花（149頁）

梨花　りか　りくわ　晩春

⇩梨の花（118頁）

枸杞　くこ　仲春

ナス科の落葉低木。茎・葉・実に薬効。若葉を飯に炊き込んだものが枸杞飯。「枸杞の実」は秋の季語。

4音 **枸杞の芽　枸杞摘む　枸杞飯**

桑　くわ　くは　晩春

畑で栽培し、晩春に繁茂した葉を蚕の食料にする。花は黄緑色で小さく、新葉のそばに集まって咲く。

4音 **桑の芽**（くわめ）　**桑解く**（くわと）　**桑摘**（くわつみ）　**桑籠**（くわかご）
5音 **桑の花**（くわのはな）　**桑畑**（くわばたけ）　**桑解く**（くわほど）　**桑摘女**（くわつみめ）
6音 **桑摘唄**（くわつみうた）
7音 **山桑の花**（やまくわのはな）

萵苣　ちしゃ　三春

3音 **レタス**
4音 **掻萵苣**（かきぢしゃ）　**玉萵苣**（たまぢしゃ）

独活　うど　晩春

ウコギ科の多年草。食用に畑で栽培される。茎が一メートル以上に伸び、花は薄緑色で小さい。

例 うどの香や詞（ことば）少なのをとこ文字　大江丸

3音 **芽独活**（めうど）
4音 **山独活**（やまうど）　**独活掘り**（うどほり）
5音 **もやし独活**（うど）

韮　にら　仲春

ユリ科の多年草。古くから食用に栽培。なお、「韮の花」は秋の季語。

3音 **かみら**
4音 **ふたもじ**

みら　仲春　⇨韮

ごい　初春　⇩烏芋（くろぐわい）（126頁）

たな　三春　⇩蒲公英（たんぽぽ）（74頁）

すし　仲春　⇩酸葉（すいば）（32頁）

芹　せり　仲春

春の七草の一つ。日本原産で、湿地や畔道に自生し、野菜として栽培される。

例 雨に友あり八百屋に芹を求めける　正岡子規

3音 **芹田**（せりた）　**田芹**（たぜり）　**根芹**（ねぜり）
4音 **芹摘**（せりつみ）　**畑芹**（はたぜり）　**沢芹**（さわぜり）　**沼芹**（ぬまぜり）　**水芹**（みずぜり）　**白芹**（しろぜり）　**毒芹**（どくぜり）
大芹（おおぜり）　**婆芹**（おばぜり）
5音 **芹の水**（せりのみず）　**根白草**（ねじろぐさ）　**芹を摘む**（せりをつむ）
6音 **益斎芹**（えきさいぜり）　**つみまし草**（ぐさ）

海松　みる　三春

緑色で房状の海藻。現在は食用にしない。

③音 **みるめ**

④音 **海松房**

⑤音 **みるめ刈る**

海苔／篊菜　のり　初春

水中の岩石に付く苔状の海藻の総称。食用には甘海苔が多い。浅草海苔も甘海苔の一種で、古くから食されてきたが、現在は絶滅危惧種。海に篊、粗朶を立て、網を張り、付着した海苔を舟から採取し、簀の上に広げて乾かす。

例 日をのせて浪たゆたへり海苔の海　高浜虚子

例 花のごと流るゝ海苔をすくひ網　高浜虚子

例 海苔あぶりながら話のつゞきかな　久保田万太郎

③音 **海苔簀**

④音 **甘海苔**　**岩海苔**　**海苔篊**　**海苔粗朶**　**海苔掻き**　**海苔採る**　**海苔舟**　**海苔干す**

⑥音 **浅草海苔**　**岩海苔掻き**　**岩海苔摘み**　**岩海苔干し**

海髪　うご　三春

暗紫色の海藻。乾燥漂白して刺身のツマなどに。また糊の材料にする。

③音 **なごや**

④音 **於胡海苔**　**江籬**　**うごのり**

おご　三春　⇨海髪

3音の季語

3音 時候

初春 しょしゅん 初春

4音 **初春**　**孟春**　**上春**

5音 **春初**

二月 にがつ にぐわつ 初春

例 人のよく死ぬ二月また来りけり　久保田万太郎

例 汽車はしる二月一日絶景などへ　阿部完市

4音 **二ン月**

5音 **二月来る**　**二月早や**

睦月 むつき 初春

旧暦一月の異称。

5音 **年端月**　**太郎月**　**子日月**　**祝月**

6音 **初春月**　**初空月**　**早緑月**

7音 **霞初月**

春来 はるく 初春 ⇩立春（37頁）

例 春来と言ふ背にある壁にもたれたり　細見綾子

例 雲はあとよりあとより湧きて春来たる　橋閒石

例 轍深し春来る土の盛上る　中村草田男

余寒 よかん 初春

冬の寒さが春になっても残ること。

例 章魚うすくそぐ俎の余寒かな　鈴木真砂女

例 鎌倉を驚かしたる余寒あり　高浜虚子

6音 **残る寒さ**

遅春 ちしゅん 初春

暦の上で春になっても春らしい陽気がなかなかやってこないこと。

5音 **春遅し**　**遅き春**　**春遅々と**

雨水 うすい うすゐ 初春

二十四節気の第二。二月一六日頃。雪が雨に変わり雪が解ける意。

例 雨水かな空うごかして鴉とぶ 八田木枯

時正 じしょう じしやう 仲春 ⇩春分(39頁)

彼岸 ひがん 仲春

春分・秋分を中日としてその前後三日間ずつの計七日間。俳句で単に「彼岸」とあれば春の彼岸。秋は「秋彼岸」。

例 山寺の扉に雲あそぶ彼岸かな 飯田蛇笏

4音 **中日** **彼岸会**

5音 **万燈日** **入り彼岸** **さき彼岸** **初手彼岸** **彼岸寺** **彼岸講** **彼岸前** **彼岸過** **彼岸舟** **彼岸道**

6音 **彼岸参** **彼岸太郎** **終い彼岸** **彼岸ばらい** **彼岸団子**

春社 しゅんしゃ 仲春

春分に近い戊の日。地神・農神を祀る行事が各地に残っている。

5音 **社日様**

6音 **社日詣** **社翁の雨**

季春 きしゅん 晩春 ⇩晩春(39頁)

四月 しがつ しぐわつ 晩春

例 雨がちの四月や誰も彼も病み 石塚友二

例 鶏鳴に起され四月はじまりぬ 菖蒲あや

5音 **四月来る**

弥生 やよい やよひ 晩春

旧暦三月の異称。

5音 **花見月** **桜月** **花津月** **夢見月**

6音 **さはなき月**

7音 **春惜しみ月**

春曙 しゅんしょ 三春 ⇩春暁(39頁)

ぬくし 三春 ⇩暖か(40頁)

うらら　三春　⇩麗か（うらら）（40頁）

長閑　のどか　三春

例　長閑さに無沙汰の神社廻りけり　太祇

例　テキサスは石油を掘つて長閑なり　岸本尚毅

4音　**のどけさ　のどけし　のどやか　のどらか　駘蕩（たいとう）**

日永　ひなが　三春

例　鶏の座敷を歩く日永かな　一茶

例　先頭へ車輌の中をゆく日永　小池康生

例　五七五七七ほどの日永かな　小沢信男

4音　**永日（えいじつ）　永き日（ながきひ）　日永し（ひながし）**

遅日　ちじつ　三春

例　試写室を出てから先きの遅日かな　永井龍男

例　縄とびの端もたさるる遅日かな　橋閒石

4音　**遅き日（おそきひ）**

5音　**暮遅し（くれおそし）　暮れかぬる（くれかぬる）　夕長し（ゆうながし）**

6音　**春日遅々（しゅんじつちち）**

穀雨　こくう　晩春

二十四節気の一つ。四月二一日頃。

暮春　ぼしゅん　晩春　⇩暮の春（くれのはる）（82頁）

例　魚焼けば皮に火の乗る暮春かな　岡田一美

徂春　そしゅん　晩春　⇩行く春（ゆくはる）（41頁）

3音　天文

朧　おぼろ　三春

例　貝こきと噛めば朧の安房の国　飯田龍太

例　折鶴をひらけばいちまいの朧　澁谷道

4音　**朧夜（おぼろよ）**

5音　**草朧（くさおぼろ）　鐘朧（かねおぼろ）　朧めく（おぼろめく）**

正東風　まごち　三春　⇩東風（こち）（8頁）

ようず　三春

雨になりそうなの生暖かい南風。近畿、中国、四国地方の呼び名。

黄砂／黄沙　こうさ　くわうさ　三春　⇩霾（43頁）

斑雪　はだれ　三春

まだらに積もった春の雪。

4音 **斑雪野**　**斑雪嶺**

5音 **斑雪**　**斑雪山**　**まだら雪**　**斑雪凍つ**

斑雪　はだら　⇨斑雪

霞　かすみ　三春

5音 **春霞**　**薄霞**　**遠霞**　**八重霞**　**横霞**　**叢霞**　**朝霞**　**昼霞**　**夕霞**　**霞敷く**　**霞立つ**　**草霞む**

6音 **霞の海**　**霞の浪**　**霞の沖**　**霞の帯**　**霞の袖**　**霞の網**　**霞隠れ**　**霞の空**　**霞の谷**　**霞の奥**　**霞の底**　**霞渡る**

7音 **有明霞**　**霞の衣**　**霞の袂**　**霞の麓**　**霞棚引く**

霞む　かすむ　三春　⇨霞

例 広々と霞みながらに日は西に　岸本尚毅

晩霞　ばんか　三春　⇨霞

遊糸　ゆうし　三春　⇩陽炎（44頁）

海市　かいし　晩春　⇩蜃気楼（87頁）

例 浴槽の捨てられてゐる海市かな　青山茂根

例 天無辺海市の揺れが止まらない　柿本多映

山市　さんし　晩春　⇩蜃気楼（同右）

蜃市　しんし　晩春　⇩蜃気楼（同右）

フェーン　三春

4音 **風炎**　**風焔**

3音　地理

春野　はるの　三春　⇩春の野（45頁）

焼野　やけの　初春

野焼（20頁）のあとのくろぐろとした野原。

4音 **焼原**　**末黒野**

5音 **焼野原**

3音

末黒　すぐろ　初春　⇨焼野

干潟　ひがた　晩春　⇩潮干潟（しおひがた）（89頁）

例　干潟にてパンツな見せそお婆さん　林雅樹

潮干／汐干　しおひ　しほひ　晩春　⇩潮干潟（同右）

春田　はるた　三春

例　春田より春田へ山の影つづく　大串章

例　東京の中の葛西の春田かな　久保田万太郎

4音　**春の田**（はるのた）

苗田　なえだ　なへだ　晩春　⇩苗代（なわしろ）（45頁）

代田　しろた　晩春　⇩苗代（同右）

親田　おやだ　晩春　⇩苗代（同右）

苗間　なえま　なへま　晩春　⇩苗代（同右）

のしろ　晩春　⇩苗代（同右）

雪間　ゆきま　仲春

雪が解け始め、ところどころ土が見えること。

例　膝折りて雪間のものを拾はんと　岸本尚毅

5音　**雪のひま**（ゆきのひま）

6音　**雪の絶間**（ゆきのたえま）

雪崩　なだれ　仲春

例　レジスター開きて遠き雪崩かな　山田露結

4音　**地こすり**（じこすり）

5音　**底雪崩**（そこなだれ）　**風雪崩**（かぜなだれ）　**雪なだれ**（ゆきなだれ）　**雪崩れ**（ゆきくずれ）　**なだれ雪**（なだれゆき）

雪解／雪消　ゆきげ　仲春

4音　**雪解け**（ゆきどけ）

5音　**雪解道**（ゆきげみち）　**雪解水**（ゆきげみず）　**雪解川**（ゆきげがわ）　**雪解風**（ゆきげかぜ）　**雪滴**（ゆきしずく）　**雪ねぶり**（ゆきねぶり）

6音　**雪解畠**（ゆきげばたけ）　**雪解雫**（ゆきげしずく）

3音　生活

春衣　しゅんい　仲春　⇩春衣（はるごろも）（90頁）

白子　しらす　三春　⇩白子干（しらすぼし）（92頁）

目刺　めざし　三春

例 さいごまであたまの味の目刺かな　小池康生

4音 **頬刺**（ほおざし）　**ほおどし**

6音 **目刺鰯**（めざしいわし）

ほざし　ほざし　三春　⇨目刺

干鱈　ひだら　三春

4音 **乾鱈**（ほしだら）　**棒鱈**（ぼうだら）　**打鱈**（うちだら）　**芋棒**（いもぼう）

5音 **鱈田夫**（たらでんぶ）

菜飯　なめし　三春

例 大盛りの秀衡椀（ひでひらわん）の菜飯かな　皆川盤水

5音 **菜飯茶屋**（なめしぢゃや）

菜飯　なはん　三春　⇨菜飯

春炉　はるろ　三春　⇩春の炉（はるのろ）（48頁）

例 家暗く煙ゆたかに春炉あり　岸本尚毅

炉蓋　ろぶた　晩春　⇩炉塞（ろふさぎ）（48頁）

野焼　のやき　初春

肥沃化、害虫駆除などを目的に、野を焼き払うこと。

例 古き世の火の色うごく野焼かな　飯田蛇笏

2音 **野火**（のび）

4音 **草焼く**（くさやく）　**丘焼く**（おかやく）　**焼原**（やきはら）

5音 **堤焼く**（つつみやく）

7音 **荻の焼原**（おぎのやきはら）

野焼く　のやく　初春　⇨野焼

山火　やまび　初春　⇩山焼（やまやき）（49頁）

畦火　あぜび　初春　⇩畑焼（はたやき）（49頁）

芝火　しばび　初春　⇩芝焼（しばやき）（49頁）

耕馬　こうば　かうば　三春　⇩耕し（たがやし）（49頁）

田打　たうち　晩春

田の土を掘り返して、田植えのできる状態にすること。

4音 **田を打つ**（たをうつ）　**田を鋤く**（たをすく）

5音 **春田打**（はるたうち）　**田を返す**（たをかえす）　**田掻牛**（たがきうし）　**田掻馬**（たがきうま）

田掻　たがき　晩春　⇨田打

種井　たない　たなゐ　仲春

選んだ種を袋に入れ、池や井戸に浸しておくこと。

4音 **種池**（たないけ）　**種桶**（たねおけ）　**種井戸**（たないど）　**種浸け**（たねつけ）

5音 **種浸し**（たねひたし）

苗圃　びょうほ　べうほ　仲春　⇩苗床（なえどこ）（50頁）

剪枝　せんし　仲春　⇩剪定（せんてい）（51頁）

接木　つぎき　仲春

4音 **切接**（きりつぎ）

5音 **接木苗**（つぎきなえ）

接穂　つぎほ　仲春　⇨接木

砧木／台木　だいぎ　仲春　⇨接木

芽接　めつぎ　仲春　⇨接木

根接　ねつぎ　仲春　⇨接木

挿木　さしき　仲春

4音 **挿床**（さしどこ）

挿穂　さしほ　仲春　⇨挿木

挿芽　さしめ　仲春　⇨挿木

挿葉　さしば　仲春　⇨挿木

根分　ねわけ　仲春

4音 **株分**（かぶわけ）

蚕飼　こがい　こがひ　晩春

蚕の飼育。年に数回飼育し、四月に孵化する春蚕（はるご）の量が多い。孵化したてを「毛蚕（けご）」「蟻蚕（ぎさん）」、病気の蚕を「捨蚕（すてご）」という。

例 高嶺星（たかねぼし）蚕飼の村は寝しづまり　水原秋桜子

2音 **毛蚕**（けご）

4音 **養蚕**（ようさん）　**蚕卵紙**（たねがみ）　**種紙**（たねがみ）

5音 **蚕棚**（かいこだな）　**蚕卵紙**（さんらんし）　**蚕時**（かいこどき）

蚕　かいこ　かひこ　晩春　⇨蚕飼

桑子　くわこ　くはこ　晩春　⇨蚕飼

例 火星にも水や蚕の糸吐く夜　相子智恵

透蚕　すきこ　晩春　⇨蚕飼

春蚕　はるご　晩春　⇨蚕飼

蟻蚕　ぎさん　晩春　⇨蚕飼

蚕棚　こだな　晩春　⇨蚕飼

蚕籠　こかご　晩春　⇨蚕飼

捨蚕　すてご　晩春　⇨蚕飼

茶摘　ちゃつみ　晩春

4音　**二番茶**（にばんちゃ）　**茶摘女**（ちゃつみめ）

5音　**一番茶**（いちばんちゃ）　**三番茶**（さんばんちゃ）　**茶摘籠**（ちゃつみかご）　**茶摘唄**（ちゃつみうた）　**茶摘時**（ちゃつみどき）

製茶　せいちゃ　晩春

4音　**茶つくり**（ちゃつくり）

5音　**茶の葉選り**（ちゃのはえり）

茶揉　ちゃもみ　晩春　⇨製茶

聞茶／利茶　ききちゃ　晩春

その年の茶の品質を、出荷前に鑑別すること。

嗅茶　かぎちゃ　晩春　⇨聞茶

磯人　いそど　晩春　⇩海女（あま）（9頁）

野がけ　のがけ　晩春　⇩野遊び（のあそび）（53頁）

梅見　うめみ　初春

例　日の沈む音の聞こゆる梅見かな　生駒大祐

4音　**観梅**（かんばい）

5音　**梅見茶屋**（うめみぢゃや）

花見　はなみ　晩春

例　年寄の一つ年とる花見して　平畑静塔

例　電気工ひとり花見の灯を点す　守屋明俊

4音　**お花見**（おはなみ）　**花人**（はなびと）

5音　**花見客**（はなみきゃく）　**花の客**（はなのきゃく）　**花見衆**（はなみしゅう）　**花の宴**（はなのえん）　**花の酒**（はなのさけ）　**花見酒**（はなみざけ）　**花の酔**（はなのよい）　**花見船**（はなみぶね）

絵凧　えだこ　三春　⇩凧（9頁）

字凧　じだこ　三春　⇩凧（同右）

種痘　しゅとう　晩春

痘瘡（とうそう）ウイルスに対する免疫をつくるための予防接種。

例　沖遠く白き船ゆく種痘かな　安住敦

6音　**植疱瘡**（うえぼうそう）

麻疹　ましん　三春

はしか　三春　⇨麻疹(ましん)

朝寝　あさね　三春

例　遠くからボレロがやつてくる朝寝　村田篠

例　なにもかも聞こえてゐたる朝寝かな　齋藤朝比古

春意　しゅんい　三春

春らしく明るい気分、のどかな心持ち。

4音　**春融**(しゅんゆう)　**春情**(しゅんじょう)

5音　**春心**(はるごころ)　**春の情**(はるのじょう)

春嬉　しゅんき　⇩春興(しゅんきょう)（54頁）

受験　じゅけん　仲春　⇩入学試験(にゅうがくしけん)（163頁）

例　洋蘭の蜜の膨らみ受験票　森島裕雄

3音　行事

雛　ひひな　仲春　⇩雛祭(ひなまつり)（99頁）

例　旅びとののぞきてゆける雛かな　久保田万太郎

絵踏　えぶみ　ゑぶみ　初春

江戸時代、キリスト教徒を摘発するため、聖画像を踏ませて信者を発見する施策。旧暦一月から三月にかけて行われたので春の季語になっている。

8音　**寺請証文**(てらうけしょうもん)

踏絵　ふみえ　ふみゑ　初春　⇨絵踏(えぶみ)

寝釈迦　ねしゃか　仲春　⇩涅槃会(ねはんえ)（57頁）

修二会　しゅにえ　しゅにゑ　仲春

奈良東大寺で三月一日〜一四日に開かれる行事。一三日未明に香水(こうずい)を本尊に供える「お水取り」が名高い。

5音　**お松明**(たいまつ)　**修二月会**(しゅにがつえ)　**お水取り**(みずとり)

10音　**二月堂の行**(にがつどうのおこない)

甘茶　あまちゃ　晩春

仏生会(ぶっしょうえ)の際に花御堂において参詣者が誕生仏に注ぐ。甘茶の木の葉を乾燥させ煎じたもの。

5音　**五色水**(ごしきすい)　**五香水**(ごこうずい)　**甘茶仏**(あまちゃぶつ)　**甘茶寺**(あまちゃでら)

7音 **仏の産湯**(ほとけのうぶゆ)

花亭 かてい　くわてい　晩春　⇩花御堂(はなみどう)（102頁）

遍路 へんろ　三春

弘法大師ゆかりの霊場八十八ヵ所札所（四国）の参拝。またその人。善根宿は沿道の住人が遍路を泊めること。

5音 **遍路宿**(へんろやど)　**遍路道**(へんろみち)　**遍路笠**(へんろがさ)　**遍路杖**(へんろづえ)

6音 **善根宿**(ぜんこんやど)　**四国巡**(しこくめぐり)

虚子忌 きょしき　晩春

四月八日。俳人高浜虚子の忌日。

例 年々の虚子忌は花の絵巻物　今井つる女

4音 **椿寿忌**(ちんじゅき)　**虚子の忌**(きょしのき)

3音 動物

子馬／仔馬 こうま　晩春　⇩馬の子（61頁）

子猫／仔猫 こねこ　初春　⇩猫の子（61頁）

例 歩き出す仔猫あらゆる知へ向けて　福田若之

数珠子 じゅずこ　晩春　⇩お玉杓子(たまじゃくし)（146頁）

蛙 かわず　かはづ　三春

5音 **土蛙**(つちがえる)　**初蛙**(はつかわず)　**遠蛙**(とおかわず)　**昼蛙**(ひるかわず)　**夕蛙**(ゆうかわず)

7音 **殿様蛙**(とのさまがえる)

蛙 かえる　かへる　三春　⇨蛙

きぎし 三春　⇩雉(きじ)（9頁）

きぎす 三春　⇩雉（同右）

例 加賀どのゝ御先をついと雉哉(きぎす)　一茶

雲雀 ひばり　三春

例 くさめして見失うたる雲雀哉　也有

例 日輪にきえ入りてなくひばりかな　飯田蛇笏

4音 **雲雀野**(ひばりの)

5音 **揚雲雀**(あげひばり)　**落雲雀**(おちひばり)　**初雲雀**(はつひばり)　**朝雲雀**(あさひばり)　**夕雲雀**(ゆうひばり)　**告天子**(こくてんし)

燕／乙鳥／玄鳥 つばめ　晩春

4音 **つばくろ**　**つばくら**

5音 **つばくらめ**　**燕来る**(つばめくる)　**初燕**(はつつばめ)　**朝燕**(あさつばめ)　**夕燕**(ゆうつばめ)　**岩燕**(いわつばめ)

社燕　しゃえん　晩春　⇨燕

帰雁　きがん　仲春　⇩雁帰る(かりかえる)(108頁)

巣組み　すぐみ　三春　⇩鳥(とり)の巣(す)(62頁)

巣箱　すばこ　三春

例　自転車に乗つて巣箱がやつて来る　小林苑を

例　巣箱より高きところに住んでをり　雪我狂流

巣立　すだち　晩春　⇩巣立鳥(すだちどり)(109頁)

子鳥　こどり　晩春　⇩巣立鳥(同右)

眼張　めばる　三春

鰊／鯡／春告魚　にしん　晩春

2音 **かど**

5音 **かどいわし**　**初鰊**(はつにしん)　**鰊群来**(にしんくき)　**鰊炊く**(にしんたく)

6音 **走り鰊**(はしりにしん)

7音 **高麗鰯**(こうらいいわし)

鰆／馬鮫魚　さわら　さはら　晩春

5音 **鰆船**(さわらぶね)　**鰆網**(さわらあみ)　**沖鰆**(おきさわら)

鱵／竹魚／針魚／水針魚／細魚　さより　三春

5音 **鱵舟**(さよりぶね)

針魚　はりお　はりを　三春　⇨鱵(さより)

例　青空の映れる水の針魚みゆ　長谷川櫂

しらを　初春　⇩白魚(しらうお)(63頁)

例　消えて雫(しずく)生きて目のある白魚かな　正岡子規

銀宝　ぎんぽ　晩春

ニシキギンポ科の魚。約二〇センチで細長い。浅瀬や浅海に生息。天ぷらのネタとして知られる。

4音 **かみそり**

5音 **うみどじょう**

6音 **かみそりうお**

黄鯝魚　わたこ　三春

コイ科の淡水魚。琵琶湖特産。約三〇センチで背中が淡黒褐色や銀白色。

腸香　わたか　三春　⇨黄鯝魚（わたこ）

諸子　もろこ　三春

コイ科の淡水魚。佃煮で知られる。

5音　**初諸子**（はつもろこ）　**本諸子**（ほんもろこ）　**諸子釣る**（もろこつ）

6音　**柳諸子**（やなぎもろこ）

小鮎　こあゆ　晩春　⇩若鮎（わかあゆ）（64頁）

真河豚　まふぐ　仲春　⇩彼岸河豚（ひがんふぐ）（110頁）

鰉　ひがい　ひがひ　晩春

コイ科の淡水魚。琵琶湖産がよく知られる。

5音　**桜鮠**（さくらばえ）

ほやる　晩春　⇨鰉

こいか　晩春　⇩螢烏賊（ほたるいか）（110頁）

真烏賊　まいか　晩春　⇩花烏賊（はないか）（64頁）

栄螺　さざえ　三春

例　渦巻くはさみし栄螺も星雲も　奥坂まや

例　はらわたの煮えくりかへる栄螺かな　小川軽舟

2音　**つぶ**

浅蜊　あさり　三春

5音　**浅蜊取**（あさりとり）　**浅蜊売**（あさりうり）　**浅蜊汁**（あさりじる）　**浅蜊舟**（あさりぶね）

貽貝　いがい　いがひ　三春

二枚貝。殻は黒褐色。

4音　**黒貝**（くろがい）　**瀬戸貝**（せとがい）

5音　**にたり貝**（がい）

血貝　ちがい　ちがひ　三春　⇩赤貝（あかがい）（65頁）

貝子　ばいし　三春　⇩子安貝（こやすがい）（111頁）

細螺　きさご　三春

殻がカタツムリに似た巻き貝。

4音　**ぜぜ貝**（がい）

5音　**いぼきさご**

きしゃご　三春　⇨細螺

蜆　しじみ　三春

例　夕鐘や瀬田の蜆の太るころ　伊藤伊那男

例 彼の岸もかなしかりけり蜆掘る　間村俊一

5音 **蜆貝**（しじみがい）　**蜆採**（しじみとり）　**蜆掻**（しじみかき）　**蜆籠**（しじみかご）　**蜆売**（しじみうり）

田螺

たにし　三春

淡水産の巻き貝の総称。「田螺鳴く」は想像上の季語。

例 田螺見えて風腥し（なまぐさし）水のうへ　太祇

例 ある時は月にころがる田螺哉　正岡子規

例 進むなり田螺は田螺乗り越えて　太田うさぎ

5音 **大田螺**（おおたにし）　**田螺売**（たにしうり）　**田螺取**（たにしとり）　**田螺鳴く**（たにしなく）

ごうな

三春　⇩寄居虫（やどかり）（66頁）

黄蝶

きちょう　きてふ　三春　⇩蝶（10頁）

胡蝶

こちょう　こてふ　三春　⇩蝶（同右）

例 胡蝶三つ二つ一つに分れけり　正岡子規

例 雲の日のすぺいんのあの大胡蝶　阿部完市

巣蜂

すばち　三春　⇩蜂（11頁）

地蜂

じばち　三春　⇩蜂（同右）

黄虻

きあぶ　晩春　⇩虻（11頁）

春蚊

はるか　晩春　⇩春の蚊（67頁）

例 観音の腰のあたりに春蚊出づ　森澄雄

初蚊

はつか　晩春　⇩春の蚊（同右）

3音　植物

野梅

やばい　初春　⇩梅（うめ）（11頁）

椿

つばき　三春

例 ゆらぎ見ゆ百の椿が三百に　高浜虚子

例 深夜椿の声して二時間死に放題　金原まさ子

例 家中の硝子戸の鳴る椿かな　長谷川櫂

例 水に浮く椿のまはりはじめたる　藺草慶子

例 老いながら椿となつて踊りけり　三橋鷹女

例 映写機の滅びゆく世の椿かな　村田篠

5音 **紅椿**（べにつばき）　**白椿**（しろつばき）　**八重椿**（やえつばき）　**藪椿**（やぶつばき）　**山椿**（やまつばき）　**雪椿**（ゆきつばき）　**玉椿**（たまつばき）

落椿（おちつばき）　**散椿**（ちりつばき）

6音 **一重椿**（ひとえつばき）　**乙女椿**（おとめつばき）

7音 **つらつら椿(つばき)**

桜 さくら 晩春

例 見かへればうしろを覆ふ桜かな　樗良

例 電源を切れば鳴り出す桜哉　岡野泰輔

例 父の思想の桜の国のラヂオ商　攝津幸彦

例 法医學・櫻・暗黒・父・自瀆　寺山修司

例 めんどりに貝殻食はす桜かな　小川軽舟

例 鈴の音の一度きりなる桜かな　岸本尚毅

4音 **夜桜(よざくら)**

5音 **桜咲く(さくらさく)**　**里桜(さとざくら)**　**豆桜(まめざくら)**　**富士桜(ふじざくら)**　**犬桜(いぬざくら)**　**雲珠桜(うずざくら)**

朝桜(あさざくら)　**夕桜(ゆうざくら)**　**庭桜(にわざくら)**　**家桜(いえざくら)**　**若桜(わかざくら)**　**姥桜(うばざくら)**

6音 **染井吉野(そめいよしの)**　**深山桜(みやまざくら)**　**牡丹桜(ぼたんざくら)**　**茶碗桜(ちゃわんざくら)**　**丁字桜(ちょうじざくら)**

目白桜(めじろざくら)　**しをり桜(ざくら)**　**桜月夜(さくらづきよ)**　**桜の園(さくらのその)**

7音 **薄墨桜(うすずみざくら)**　**大島桜(おおしまざくら)**　**大山桜(おおやまざくら)**　**上溝桜(うわみずざくら)**　**金剛桜(こんごうざくら)**　**左近の桜(さこんのさくら)**　**楊貴妃桜(ようきひざくら)**　**秋色桜(しゅうしきざくら)**

南殿 なでん 晩春 ⇨桜

ははか 晩春 ⇨桜

落花 らっか らくくわ 晩春

例 ぬかるみのあれば吸ひつく落花かな　岸本尚毅

例 空気より夕日つめたき落花かな　小川軽舟

2音 **飛花(ひか)**

4音 **花散る(はなちる)**　**花屑(はなくず)**

5音 **散る桜(ちるさくら)**　**桜散る(さくらちる)**　**花吹雪(はなふぶき)**　**花の塵(はなのちり)**　**花筏(はないかだ)**

6音 **桜吹雪(さくらふぶき)**

残花 ざんか ざんくわ 晩春

5音 **残る花(のこるはな)**

6音 **名残の花(なごりのはな)**　**残る桜(のこるさくら)**

辛夷／木筆 こぶし 仲春

モクレン科の落葉高木。山地に自生。花は白く六弁。

例 風の日は花が花打つ辛夷の木　川崎展宏

例 試みにゆすれば散ず辛夷のばか　池禎章

例 白を着て風の辛夷と昏れのこる　澁谷道

5音 **幣辛夷**（しでこぶし）　**花辛夷**（はなこぶし）

6音 **山木蓮**（やまもくれん）　**やまあららぎ**　**田打桜**（たうちざくら）

7音 **こぶしはじかみ**

ミモザ　初春

植物学上のミモザはマメ科の含羞草（おじぎそう）を指すが、通称ミモザは豪州原産の常緑高木、銀葉アカシアのこと。黄色の球状の花が穂のように群れて咲く。

丁字　ちょうじ　仲春　⇩沈丁花（じんちょうげ）（116頁）

チェリー　晩春　⇩桜桃（おうとう）の花（はな）（166頁）

あせび　晩春　⇩馬酔木（あしび）の花（はな）（149頁）

躑躅　つつじ　晩春

例 躑躅の木躑躅の花に覆はれし　雪我狂流

例 鯉はみなつつじの影にあつまりて　岸本尚毅

5音 **羊躑躅**（もちつつじ）　**岩躑躅**（いわつつじ）

7音 **雲仙躑躅**（うんぜんつつじ）

木の芽　このめ　仲春

例 大寺を包みてわめく木の芽かな　高浜虚子

例 ミユンヘンの木の芽の頃の雨の写真　京極杞陽

例 大砲のどろどろと鳴る木の芽哉　正岡子規

例 空耳の始まつてゐる木の芽かな　村田篠

5音 **名の木の芽**（なのきのめ）　**木の芽張る**（きのめはる）　**木の芽時**（このめどき）　**木の芽雨**（このめあめ）

木の芽晴（このめばれ）　**木の芽山**（このめやま）

木の芽　きのめ　仲春　⇨木の芽

芽立　めだち　仲春　⇨木の芽

芽吹く　めぶ　仲春　⇨木の芽

例 芽吹く木々遠く美し菓子を食ふ　岸本尚毅

余蘖　よげつ　晩春　⇩蘖（ひこばえ）（70頁）

うどめ　仲春　⇩楤の芽（たらのめ）（70頁）

楤芽　たらめ　仲春　⇩楤の芽（同右）

芽紫蘇　めじそ　三春　⇩紫蘇の芽（70頁）

五加／五加木　うこぎ　仲春

生垣に多い落葉低木。新芽を炊き込んだのが五加飯。

4音 **五加茶**（うこぎちゃ）

5音 **五加摘む**（うこぎつむ）　**五加飯**（うこぎめし）　**五加垣**（うこぎがき）

むこぎ　仲春　⇨五加

令法　りょうぶ　りやうぶ　仲春

落葉小高木。若芽は飯に炊き込むなど食用になる。

4音 **令法茶**（りょうぶちゃ）

5音 **はたつもり**　**令法摘む**（りょうぶつむ）　**令法飯**（りょうぶめし）

柳　やなぎ　晩春

4音 **青柳**（あおやぎ）

5音 **糸柳**（いとやなぎ）

6音 **枝垂柳**（しだれやなぎ）

7音 **川端柳**（かわばたやなぎ）

緋木瓜　ひぼけ　晩春　⇩木瓜の花（119頁）

柳絮　りゅうじょ　りうじよ　仲春

暗紫色の花が実を結んで熟すと、白い綿毛に覆われた種子が多量にできる。それが風に流され浮遊する。

5音 **柳絮飛ぶ**（りゅうじょとぶ）

野木瓜　のぼけ　晩春　⇩郁子の花（むべのはな）（121頁）

おんこ　晩春　⇩一位の花（いちいのはな）（152頁）

かから　晩春　⇩山帰来の花（さんきらいのはな）（177頁）

馬藺　ばりん　晩春　⇩捩菖蒲（ねじあやめ）（122頁）

馬楝　ばれん　晩春　⇩捩菖蒲（同右）

けまん　晩春　⇩華鬘草（けまんそう）（122頁）

エリカ　晩春

シャクナゲ科の常緑低木。無数の小花は淡紅色・紅色。

花菜　はなな　晩春　⇩菜の花（なのはな）（72頁）

晩菜　おくな　晩春　⇩茎立菜（くきたちな）（125頁）

折菜　おりな　をりな　晩春　⇩茎立菜（同右）

春菜　はるな　三春

春の菜類の総称。

レタス　三春　⇩萵苣（ちしゃ）（13頁）

水菜　みずな　みづな　初春

漬物、煮物などにする。茎は白く長い。古くから京都付近で栽培されることから、関東では「京菜」と呼ぶ。「壬生菜」は一品種。

京菜 きょうな きやうな 初春 ⇨水菜

壬生菜 みぶな 初春 ⇨水菜

三葉 みつば 三春 ⇩三葉芹（みつばぜり）（125頁）

芽独活 めうど 晩春 ⇩独活（うど）（13頁）

菊菜 きくな 三春 ⇩春菊（しゅんぎく）（73頁）

かみら 仲春 ⇩韮（にら）（13頁）

分葱 わけぎ 仲春

山葵 わさび 晩春

例 水音に日の跳ね返る山葵かな 小池康生

4音 **山葵田**（わさびだ） **葉山葵**（はわさび）

5音 **山葵沢**（わさびざわ） **山山葵**（やまわさび） **土山葵**（つちわさび） **畑山葵**（はたわさび） **白山葵**（しろわさび） **青山葵**（あおわさび）

7音 **青茎山葵**（あおくきわさび） **赤茎山葵**（あかくきわさび）

慈姑 くわい くわゐ 初春

水田に栽培される多年草。球状の塊茎を食用にする。

5音 **白慈姑**（しろぐわい） **青慈姑**（あおぐわい） **慈姑の芽**（くわいのめ）

双葉／二葉 ふたば 仲春

発芽のとき最初に出る葉が二枚のものをいう。

菫 すみれ 三春

例 菫程な小さき人に生れたし 夏目漱石

4音 **小すみれ**（こすみれ） **菫野**（すみれの）

5音 **壺菫**（つぼすみれ） **姫菫**（ひめすみれ） **岡菫**（おかすみれ） **山菫**（やますみれ） **野路菫**（のじすみれ） **雛菫**（ひなすみれ） **藤菫**（ふじすみれ） **花菫**（はなすみれ） **菫草**（すみれぐさ） **相撲草**（すもうぐさ） **相撲花**（すもうばな） **一夜草**（ひとよぐさ） **一葉草**（ひとはぐさ） **ふたば草**（ぐさ） **菫摘む**（すみれつむ）

6音 **茜菫**（あかねすみれ） **桜菫**（さくらすみれ）

7音 **叡山菫**（えいざんすみれ） **相撲取草**（すもうとりぐさ）

紫雲英 げんげ 晩春

例 どの道も家路とおもふげんげかな 田中裕明

4音 **五形花**（げげばな） **げんげん** **紫雲英田**（げんげだ）

5音 蓮華草（れんげそう）

蓮華 れんげ 晩春 ⇨紫雲英

ふじな 三春 ⇩蒲公英（たんぽぽ）（74頁）

土筆 つくし 仲春

杉菜の胞子茎。淡褐色。和えたり佃煮にする。

例 思ふさま土筆の遊ぶ日なりけり 八田木枯

4音 土筆野（つくしの）

5音 つくづくし つくしんぼ 筆（ふで）の花（はな） 土筆和（つくしあえ） 土筆摘（つくしつみ）

杉菜 すぎな 晩春

土筆と同じ地下茎から土筆と入れ替わるように生える。

例 すさまじや杉菜ばかりの丘一つ 正岡子規

4音 接（つ）ぎ松（まつ）

5音 犬杉菜（いぬすぎな）

蘩蔞／鶏腸 はこべ 三春

ナデシコ科の雑草。春の七草の一つ。

例 おさなごの息がルーペに花はこべ 池田澄子

4音 はこべら はくべら みきくさ

5音 はこべぐさ うしはこべ あさしらげ

6音 みどりはこべ

酸葉／酸模 すいば 仲春

日本全土に自生する野草。若葉を摘んで食用にする。

2音 すし

4音 すかんぽ すいすい

蕨 わらび 仲春

例 金色の佛（ほとけ）ぞおはす蕨かな 水原秋桜子

4音 蕨手（わらびて） 煮蕨（にわらび） 早蕨（さわらび）

5音 鉤蕨（かぎわらび） 蕨汁（わらびじる） 蕨飯（わらびめし） 干蕨（ほしわらび） 初蕨（はつわらび） 老蕨（おいわらび）

芹田 せりた 仲春 ⇩芹（13頁）

例 姉ねむりこめば芹の田ますます音楽 阿部完市

田芹 たぜり 仲春 ⇩芹（同右）

根芹 ねぜり 仲春 ⇩芹（同右）

野蒜 のびる 仲春

ヒガンバナ科の多年草。葉は細く管状。葉の若いうちに地中の白い鱗茎ごと採って食用にする。花期は初夏。

4音 **山蒜**（やまびる） **沢蒜**（さわびる）

5音 **野蒜摘む**（のびるつむ）

根蒜 ねびる 仲春 ⇨野蒜

小蒜 こびる 仲春 ⇨野蒜

ほくり 仲春 ⇩春蘭（しゅんらん）（76頁）

ほくろ 仲春 ⇩春蘭（同右）

はくり 仲春 ⇩春蘭（同右）

えくり 仲春 ⇩春蘭（同右）

化偸草／海老根／蝦根 えびね 晩春

ラン科の多年草。葉は暗緑色、花色は様々。直立する花茎に一〇個前後の花が穂状に咲く。観賞用に鉢や庭に植える。

4音 **黄**（き）**えびね**

5音 **えびね蘭**（らん） **藪**（やぶ）**えびね** **山**（やま）**えびね**

6音 **鈴振草**（すずふりそう）

8音 **ししのくびすの木**（き）

ほうこ 晩春 ⇩母子草（ははこぐさ）（130頁）

蓬 よもぎ 三春

キク科の多年草。葉に細かい切れ込みがあり、裏に灰白色の軟毛が密生。若葉から蓬餅や蓬飯を作る。

例 昼の酒蓬は丈をのばしけり 宇佐美魚目

4音 **餅草**（もちぐさ） **やきぐさ** **蓬生**（よもぎう）

5音 **さしもぐさ** **蓬摘む**（よもぎつむ） **蓬餅**（よもぎもち） **蓬飯**（よもぎめし）

艾草 もぐさ 三春 ⇨蓬

嫁菜 よめな 仲春

キク科の多年草。野道や畦、原野に生え、葉に光沢があり、縁は鋸状。若葉を食用とする。花期は夏から秋。

5音 **嫁萩**（よめがはぎ） **嫁菜摘む**（よめなつむ） **嫁菜飯**（よめなめし）

菟芽子 うはぎ 仲春 ⇨嫁菜

薺蒿　おはぎ　仲春　⇨嫁菜

はぎな　仲春　⇨嫁菜

茅花／針茅　つばな　仲春

イネ科の多年草、茅萱の花穂のこと。日当たりのよい平地に群生し、円柱状の花序に白い花穂をつける。

4音　**茅花野（つばなの）　茅が花（じ）（はな）**

5音　**しらはぐさ　茅花（つばな）ぬく**

6音　**茅萱（ちがや）の花（はな）**

甘菜　あまな　仲春

ユリ科の多年草。本州中部・四国・九州の草原に自生。茎の先に紫色がかった白い六弁の花をつける。

8音　**山慈姑（やまくわい）の花（はな）**

乳草　ちぐさ　晩春　⇩野漆（のうるし）（77頁）

小水葱　こなぎ　仲春

小川や水田に生える一年草。古くは野菜として栽培。花期は秋。

4音　**細水葱（ささなぎ）**

5音　**小水葱摘（こなぎつ）む**

川菜　かわな　かはな　三春　⇩クレソン（77頁）

菰筍　こじゅん　晩春　⇩若菰（わかこも）（78頁）

菰菜　こさい　晩春　⇩若菰（同右）

薊　あざみ　晩春

キク科アザミ属の総称。花は赤紫色や紫色、まれに白。

例　薊咲き下田通ひの船がゆく　臼田亞浪

4音　**眉（まゆ）はき　真薊（まあざみ）　野薊（のあざみ）**

5音　**花薊（はなあざみ）　眉（まゆ）つくり　浜薊（はまあざみ）　浜牛蒡（はまごぼう）**

チコリ　初春　⇩菊苦菜（きくにがな）（133頁）

春子　はるこ　三春　⇩春椎茸（はるしいたけ）（158頁）

松露　しょうろ　晩春

海岸の松林に生えるキノコ。トリュフ（西洋松露）は別種。

5音　**松露掻（しょうろか）く　松露掘（しょうろほ）る**

和布／若布　わかめ　三春

暗褐色の海藻。古くから葉を食用とするほか、茎に付く肉厚の「めかぶ」を擂ってとろろ汁のようにして食べる。

例　さざ波のなりにちぢまる和布哉　正岡子規

5音　**新和布　和布刈　和布刈舟　和布刈竿　和布刈鎌　和布干す　和布売　和布汁**

6音　**めかぶとろろ**

布株　めかぶ　三春　⇨和布

和布刈　めかり　三春　⇨和布

例　潮の中和布を刈る鎌の行くが見ゆ　高浜虚子

搗布　かじめ　かぢめ　三春

本州中部の太平洋岸に分布する海藻。ヨードの原料や肥料にする。

4音　**さがらめ**

5音　**ひとつばね　搗布刈る　搗布舟　搗布干す**

かちめ　三春　⇨搗布

荒布　あらめ　晩春

黒褐色の海藻。二メートルにも達し、ヨードの原料などになる。

5音　**皺搗布　荒布舟　荒布刈る　荒布干す**

7音　**二叉搗布**

鹿尾菜／鹿角菜／羊栖菜　ひじき　三春

干潮線付近の岩に生える海藻。若いうちに採取・乾燥して食用にする。

例　日当れるひじき林をよぎる魚　五十嵐播水

5音　**鹿尾菜刈る　鹿尾菜干す**

海雲／水雲／海蘊　もずく　もづく　三春

暗褐色・糸状の海藻。ぬめりがあり、酢の物などにして食べる。

例　汐鳴のこひしさに買ふ水雲かな　阿波野青畝

5音　**海雲採　海雲桶　海雲汁**

みるめ　三春　⇩海松（みる）（14頁）

石蓴　あおさ　あをさ　三春

深緑色の海藻。干してふりかけに混ぜるなどする。

（例）振り返るたびに石蓴の色遠く　岸本尚毅

5音　**石蓴採**（あおさとり）

海苔簀　のりす　初春　⇩海苔（のり）（14頁）

なごや　三春　⇩海髪（うご）（14頁）

4音の季語

4音　時候

陽春　ようしゅん　やうしゅん　三春　⇩春（8頁）
芳春　ほうしゅん　はうしゅん　三春　⇩春（同右）
東帝　とうてい　三春　⇩春（同右）
青帝　せいてい　三春　⇩春（同右）
蒼帝　そうてい　さうてい　三春　⇩春（同右）
九春　きゅうしゅん　きうしゅん　三春　⇩春（同右）
三春　さんしゅん　三春　⇩春（同右）
初春　はつはる　初春　⇩初春（しょしゅん）（15頁）
孟春　もうしゅん　まうしゅん　初春　⇩初春（同右）
上春　じょうしゅん　じやうしゅん　初春　⇩初春（同右）
二ン月　にんがつ　にんぐわつ　初春　⇩二月（15頁）
旧正　きゅうしょう　きうしやう　初春　⇩旧正月（きゅうしょうがつ）（135頁）
（例）旧正の草の庵の女客　高浜虚子
寒明　かんあけ　初春
寒の期間は小寒から節分までの約三〇日間。それが終わることを寒明という。
5音 **寒終る**（かんおわる）
寒明く　かんあく　初春　⇨寒明
寒過ぐ　かんすぐ　初春　⇨寒明
立春　りっしゅん　初春
二十四節気の第一。新暦の二月五日頃。
（例）立春の米こぼれをり葛西橋　石田波郷
3音 **春来**（はるく）
5音 **春来る**（はるきた）　**春になる**（はる）
8音 **立春大吉**（りっしゅんだいきち）
春立つ　はるたつ　初春　⇨立春

例　春立つやあかつきの闇ほぐれつつ　久保田万太郎

春さる　はるさる　初春　⇨立春

早春　そうしゅん　さうしゅん　初春

例　早春の庭をめぐりて門を出でず　高浜虚子

5音　**春早し**（はるはやし）　**春淡し**（はるあわし）

浅春　せんしゅん　初春　⇩春浅し（はるあさし）（79頁）

春寒　はるさむ　初春

暦の上で春になってからの寒さ。

5音　**春寒し**（はるさむし）　**寒き春**（さむきはる）

春寒　しゅんかん　初春　⇨春寒

料峭　りょうしょう　れうせう　初春　⇨春寒

遅春　おそはる　初春　⇩遅春（ちしゅん）（15頁）

春遅々　はるちち　初春　⇩遅春（同右）

春めく　はるめく　初春

5音　**春動く**（はるうごく）　**春兆す**（はるきざす）

うりずん　初春

沖縄で古語。新暦三月から四月のこと。

例　うりずんのたてがみ青くあおく梳く　岸本マチ子

6音　**うりずん南風**（ばえ）

おれづみ　初春　⇨うりずん

獺祭　だっさい　初春　⇩獺魚を祭る（かわうそうおをまつる）（181頁）

仲春　ちゅうしゅん　仲春

5音　**春なかば**（はるなかば）　**春さなか**（はるさなか）

三月　さんがつ　さんぐわつ　仲春

例　いきいきと三月生る雲の奥　飯田龍太

例　さんぐわつは忌の多き月葉の雫　八田木枯

例　三月や水をわけゆく風の筋　久保田万太郎

6音　**三月来る**（さんがつくる）

如月／衣更着　きさらぎ　仲春

旧暦二月の異称。

例　きさらぎの起伏たちまち下関　阿部完市

5音　**きぬさらぎ**　**梅見月**（うめみづき）　**雪消月**（ゆきげづき）

6音 **初花月**（はつはなづき）　**梅つさ月**（うめつさづき）
7音 **小草生月**（おぐさおいづき）

啓蟄　けいちつ　仲春

二十四節気で第三。新暦の三月六日頃。冬眠していた虫が穴を出る意。

例 啓蟄に引く虫偏の字のゐるはゐるは　上田五千石

春分　しゅんぶん　仲春

二十四節気の第四。新暦の三月二三日頃。

3音 **時正**（じしょう）

中日　ちゅうにち　仲春　⇨春分

治聾酒　じろうしゅ　ぢろうしゅ　仲春

春社（16頁）に酒を飲む風習。耳が治るとされた。

晩春　ばんしゅん　晩春

3音 **季春**（きしゅん）
6音 **春の終り**（はるのおわり）

例 晩春の肉は舌より始まるか　三橋敏雄

例 晩春のひかり誤配のままに鳥　小津夜景

清明　せいめい　晩春

二十四節気の第五。春分の一五日後。新暦四月五日頃。

春の日／春の陽　はるのひ　晩春

5音 **春日影**（はるひかげ）　**春日向**（はるひなた）
6音 **春の朝日**（はるのあさひ）　**春の夕日**（はるのゆうひ）　**春の入日**（はるのいりひ）

春日　しゅんじつ　三春　⇨春の日

春陽　しゅんよう　しゅんやう　三春　⇨春の日

春暁　しゅんぎょう　しゅんげう　三春

例 牛の産むころ春暁をきしませて　鈴木牛後

3音 **春曙**（しゅんしょ）
6音 **春の夜明**（はるのよあけ）　**春あかとき**　**春の朝明**（はるのあさけ）
7音 **春の暁**（はるのあかつき）　**春の曙**（はるのあけぼの）

春朝　しゅんちょう　しゅんてう　三春　⇩春の朝（はるのあさ）（81頁）

春昼　しゅんちゅう　しゅんちう　三春

例 春昼や廊下に暗き大鏡　高浜虚子

5音 春の昼

春夕 しゅんせき 三春 ⇩春の夕（81頁）

春宵 しゅんしょう しゅんせう 三春 ⇩春の宵（81頁）

春の夜 はるのよ 三春

時計屋の時計春の夜どれがほんと 久保田万太郎

5音 夜半の春

暖か あたたか 三春

例 暖かや飴の中から桃太郎 川端茅舎

例 あたたかや四十路の果の影法師 野見山朱鳥

3音 ぬくし

5音 あたたかし あたたけし

春暖 しゅんだん 三春 ⇨暖か

麗か うららか 三春

例 うららかや猫にものいふ妻のこゑ 日野草城

例 うららかや帽子の入る丸い箱 茅根知子

例 わが死後もある波音やうららかに 岸本尚毅

3音 うらら

5音 うららけし

うららに 三春 ⇨麗か

日うらら ひうらら 三春 ⇨麗か

麗日 れいじつ 三春 ⇨麗か

うらうら 三春 ⇨麗か

のどけさ 三春 ⇩長閑（17頁）

のどけし 三春 ⇩長閑（同右）

のどやか 三春 ⇩長閑（同右）

のどらか 三春 ⇩長閑（同右）

駘蕩 たいとう たいたう 三春 ⇩長閑（同右）

永日 えいじつ 三春 ⇩日永（17頁）

永き日 ながきひ 三春 ⇩日永（同右）

例 永き日のにはとり柵を越えにけり 芝不器男

日永し ひながし 三春 ⇩日永（同右）

遅き日 おそきひ 三春 ⇩遅日（17頁）

例 遅き日の貝の奥なる忘れ潮　高橋睦郎

花冷　はなびえ　晩春

桜が咲く頃の冷え込み。

5音 **花の冷**（はなのひえ）

例 花冷の階に父子座す段違へ　榮猿丸

花時　はなどき　三春

5音 **桜時**（さくらどき）　**花の頃**（はなのころ）

例 花どきの一週間は一（ひ）と昔　今井千鶴子

花過ぎ　はなすぎ　三春　⇨花時

例 花過の海老の素揚にさつとしほ　藤田哲史

春闌く　はるたく　晩春　⇩春深し（82頁）

春更く　はるふく　晩春　⇩春深し（同右）

行く春　ゆくはる　晩春

例 ゆく春やおもたき琵琶の抱心（だきごころ）　蕪村

例 行春や機械孔雀の眼に運河　中村安伸

例 ゆく春の耳掻き耳になじみけり　久保田万太郎

3音 **徂春**（そしゅん）

5音 **春の果**（はるのはて）　**春行けり**（はるゆけり）

6音 **春の名残**（はるのなごり）　**春のかたみ**（はるのかたみ）　**春の行方**（はるのゆくえ）　**春の別れ**（はるのわかれ）

春を送る（はるをおくる）

7音 **春ぞ隔たる**（はるぞへだたる）

春行く　はるゆく　晩春　⇨行く春

春尽く　はるつく　晩春　⇨行く春

春尽　しゅんじん　晩春　⇨行く春

惜春　せきしゅん　晩春　⇩春惜しむ（はるおしむ）（82頁）

例 惜春の雨の大学ノートかな　髙柳克弘

4音　天文

春光　しゅんこう　しゅんくわう　三春

5音 **春景色**（はるげしき）　**春の色**（はるのいろ）

6音 **春の光**（はるのひかり）

春色　しゅんしょく　三春　⇨春光

4音

春容　しゅんよう　三春　⇨春光

春望　しゅんぼう　しゅんばう　三春　⇨春光

春景　しゅんけい　三春　⇨春光

春空　はるぞら　三春　⇩春の空（83頁）

春天　しゅんてん　三春　⇩春の空（同右）

春雲　はるぐも　三春　⇩春の雲（83頁）

春月　しゅんげつ　三春　⇩春の月（83頁）

淡月　たんげつ　三春　⇩朧月（83頁）

朧夜　おぼろよ　三春　⇩朧（17頁）

例　朧夜の笛の余熱をしまひけり　篠崎央子

例　朧夜の気づかぬほどの下り坂　池田澄子

例　天袋よりおぼろ夜をとり出しぬ　八田木枯

例　よく見ればみな人の顔おぼろ夜は　田中裕明

春星　しゅんせい　三春　⇩春の星（84頁）

春風　はるかぜ　三春

例　春風にこぼれて赤し歯磨粉　正岡子規

例　くものすのいつぽん春風が見える　鈴木牛後

例　コインランドリー春風の行き止まり　阪西敦子

例　春風やグリコのマークいつもひとり　林雅樹

5音　春の風（はるのかぜ）

春風　しゅんぷう　三春　⇨春風

こち風　こちかぜ　三春　⇩東風（こち）（8頁）

強東風　つよごち　三春　⇩東風（同右）

夕東風　ゆうごち　ゆふごち　三春　⇩東風（同右）

例　夕東風のともしゆく灯のひとつづつ　木下夕爾

朝東風　あさごち　三春　⇩東風（同右）

梅東風　うめごち　三春　⇩東風（同右）

あめ東風　あめごち　三春　⇩東風（同右）

貝寄風　かいよせ　かひよせ　仲春

旧暦二月二〇日頃、難波の浦に吹く強い西風。聖徳太子建立の四天王寺の聖霊会（101頁）に、この風に吹き寄せられた貝殻を飾ったとの故事から。

例　貝寄風に乗りて帰郷の船迅し(はやし)　中村草田男

春荒　はるあれ　三春　⇩春疾風(はるはやて)（85頁）

春北風　はるきた　三春

春に西高東低の冬型の気圧配置になって吹く北風。

5音　**春北風**(はるならい)

黒北風　くろぎた　仲春　⇨春北風

くろげた　くろげた　仲春　⇨春北風

春塵　しゅんじん　しゅんぢん　三春

春に乾燥した地面から風で舞い上がる砂や埃のこと。

5音　**春の塵**(はるのちり)　**春埃**(はるぼこり)　**砂嵐**(すなあらし)

6音　**砂塵嵐**(さじんあらし)

霾　つちふる　三春

黄砂のこと。中国北部から偏西風に乗って日本に届く。

例　みなちがふ靴のへりぐせつちふれる　川上弘美

例　つちふるや映画の中の映画美し　岡野泰輔

2音　**霾**(ばい)

3音　**黄砂**(こうさ)　**黄沙**(こうさ)

5音　**蒙古風**(もうこかぜ)　**霾晦**(よなぐもり)　**つちぐもり**　**よなぼこり**

8音　**黄塵万丈**(こうじんばんじょう)

霾天　ばいてん　三春　⇨霾

霾風　ばいふう　三春　⇨霾

つちかぜ　三春　⇨霾

胡沙くる　こさくる　三春　⇨霾

胡沙荒る　こさある　三春　⇨霾

春雨　はるさめ　三春

例　春雨やはなればなれの金屏風　許六

例　春雨に傘を借りたる別れかな　高浜虚子

5音　**春の雨**(はるのあめ)

6音　**春雨傘**(はるさめがさ)

春霖　しゅんりん　三春

三月から四月の時期に長期間にわたって降る雨。

5音　**春霖雨**(しゅんりんう)

7音 春の長雨

春雪　しゅんせつ　三春　⇩春の雪（86頁）

淡雪　あわゆき　あはゆき　三春

うっすらと積もってすぐに解けてしまう雪。

5音 牡丹雪　たびら雪

6音 かたびら雪　だんびら雪

綿雪　わたゆき　三春　⇨淡雪

泡雪／沫雪　あわゆき　あはゆき　三春

泡のように柔らかい雪。

斑雪野　はだれの　三春　⇩斑雪（18頁）

斑雪嶺　はだれね　三春　⇩斑雪（同右）

終雪　しゅうせつ　仲春　⇩雪の果（86頁）

春霰　しゅんさん　三春　⇩春の霙（137頁）

春霜　しゅんそう　しゅんさう　三春　⇩春の霜（86頁）

晩霜　ばんそう　ばんさう　晩春　⇩忘れ霜（86頁）

終霜　しゅうそう　しゅうさう　晩春　⇩忘れ霜（同右）

霜害　そうがい　さうがい　晩春　⇩忘れ霜（同右）

初虹　はつにじ　晩春　⇩春の虹（87頁）

春雷　しゅんらい　三春

春に鳴る雷。「雷」は夏の季語、「稲妻」は秋の季語。

例 春雷いま天使のごとし人を撃ち　関悦史

5音 春の雷

7音 虫出しの雷

初雷　はつらい　三春　⇨春雷

虫出し　むしだし　三春　⇨春雷

佐保姫　さほひめ　三春

春を司る女神。秋は竜田姫。佐保山も竜田山も奈良県。

例 佐保姫に紅ひく神の大きな手　生駒大祐

陽炎　かげろう　かげろふ　三春

例 陽炎や母といふ字に水平線　鳥居真里子

例 陽炎がかたまりかけてこんなもの　高浜虚子

2音 野馬

3音

遊糸（ゆうし）

7音

陽炎燃ゆる（かげろうもゆる）

糸遊　いとゆう　いとゆふ　三春　⇨陽炎

陽焔　ようえん　やうえん　三春　⇨陽炎

かぎろひ　かぎろい　三春　⇨陽炎

例　かぎろひの熱を保てる映写機よ　佐藤文香

春陰　しゅんいん　三春

春の曇り日のこと。

鳥風　とりかぜ　仲春　⇩鳥曇（とりぐもり）（87頁）

蜃楼　しんろう　晩春　⇩蜃気楼（しんきろう）（87頁）

風炎／風焔　ふうえん　三春　⇩フェーン（18頁）

4音　地理

春山　はるやま　三春　⇩春の山（88頁）

春の野　はるのの　三春

3音

春野（はるの）

弥生野　やよいの　やよひの　三春　⇨春の野

春郊　しゅんこう　しゅんかう　三春　⇨春の野

焼原　やけはら　初春　⇩焼野（やけの）（18頁）

末黒野　すぐろの　初春　⇩焼野（同右）

春水　しゅんすい　三春　⇩春の水（88頁）

例　春水の石に流れの影ありぬ　かたしま真美

春川　はるかわ　はるかは　三春　⇩春の川（88頁）

春江　しゅんこう　しゅんかう　三春　⇩春の川（同右）

春の江　はるのえ　三春　⇩春の川（同右）

春の瀬　はるのせ　三春　⇩春の川（同右）

春濤　しゅんとう　しゅんたう　三春　⇩春の波（88頁）

春潮　しゅんちょう　しゅんてう　三春

例　春潮に流るる藻あり矢の如く　杉田久女

5音

春の潮（はるのしお）

春の田　はるのた　三春　⇩春田（はるた）（19頁）

苗代　なわしろ　なはしろ　晩春

例　苗代の青や近江は真つ平ら　吉川英治

3音　苗田（なえだ）　代田（しろた）　親田（おやだ）　苗間（なえま）　のしろ

5音　苗代田（なわしろだ）

6音　苗代（なわしろ）じめ　苗代粥（なわしろがゆ）　苗代水（なわしろみず）　苗代道（なわしろみち）　苗代時（なわしろどき）

8音　短冊苗代（たんざくなわしろ）

春園／春苑　しゅんえん　しゅんゑん　三春　⇩春の園（はるのその）（89頁）

春泥　しゅんでい　三春

春の泥濘（ぬかるみ）。雪解（ゆきどけ）、凍解（いてどけ）、春雨のために土が泥になる。

例　春泥を来て汝が部屋に倦みにけり　榮猿丸

5音　春の泥（はるのどろ）

逃水　にげみず　にげみづ　晩春

舗装路の先などに見られる、近づくと消える水たまり。

蜃気楼の一種。

堅雪　かたゆき　初春

解けかかった雪が夜などの気温の低下で硬く凍ること。

雪垢　ゆきあか　初春　⇨堅雪

雪泥　ゆきどろ　初春　⇨堅雪

残雪　ざんせつ　仲春

5音　去年の雪（こぞのゆき）　残る雪（のこるゆき）　雪残る（ゆきのこる）

陰雪　かげゆき　仲春　⇨残雪

地こすり　じこすり　仲春　⇩雪崩（なだれ）（19頁）

雪解け　ゆきどけ　仲春　⇩雪解（ゆきげ）（19頁）

雪しろ　ゆきしろ　仲春

山に降った雪が解けて流れる雪解水のこと。

5音　雪濁り（ゆきにごり）

雪汁　ゆきしる　仲春　⇨雪しろ

凍解　いてどけ　仲春

凍りついていた地面が解けること。

例　いてどけのなほとけかねてゐるところ　久保田万太郎

5音　凍ゆるむ（いてゆるむ）

凍解く　いてとく　仲春　⇨凍解

解氷　かいひょう　仲春　⇨凍解

薄氷　うすらい　うすらひ　初春
春先に薄く張った氷。また解けて薄くなった氷。
例 薄氷をさらさらと風走るかな　草間時彦
例 薄氷の草を離るゝ汀かな　高浜虚子

流氷　りゅうひょう　りうひよう　仲春
5音 **流氷期**（りゅうひょうき）
6音 **流氷盤**（りゅうひょうばん）　**氷流る**（こおりながる）

4音　生活

春服　しゅんぷく　三春
5音 **春の服**（はるのふく）
6音 **春の着物**（はるのきもの）

春装　しゅんそう　しゅんさう　三春　⇨春服

萌え漬　もえづけ　仲春　⇩木の芽漬（きのめづけ）（91頁）

花漬　はなづけ　晩春　⇩桜漬（さくらづけ）（91頁）

桜湯　さくらゆ　晩春　⇩桜漬（同右）

蕗味噌　ふきみそ　初春　⇩蕗の薹（ふきのとう）（130頁）
7音 **蕗の薹味噌**（ふきのとうみそ）

田楽　でんがく　仲春
6音 **田楽焼**（でんがくやき）　**田楽刺**（でんがくざし）
7音 **木の芽田楽**（きのめでんがく）　**田楽豆腐**（でんがくどうふ）

独活和　うどあえ　うどあへ　晩春

青饅　あおぬた　あをぬた　三春
浅葱（あさつき）や芥菜（からしな）を茹でて酢味噌で和えたもの。

つぶ和　つぶあえ　三春　⇩田螺和（たにしあえ）（92頁）

ちりめん　ちりめん　三春　⇩白子干（しらすぼし）（92頁）

頰刺　ほおざし　ほほざし　三春　⇩目刺（めざし）（19頁）

ほおどし　ほほどし　三春　⇩目刺（同右）

乾鱈　ほしだら　三春　⇩干鱈（ひだら）（20頁）

棒鱈　ぼうだら　三春　⇩干鱈（同右）

芋棒　いもぼう　三春　⇩干鱈（同右）

打鱈　うちだら　三春　⇩干鱈（同右）

壺焼 つぼやき 三春
5音 **焼栄螺**
8音 **栄螺の壺焼**

からかわ からかは 仲春 ⇩山椒の皮（162頁）

草餅 くさもち 仲春
蓬を餅に練り込んだ菓子。古くは蓬ではなく母子草（春の七草の御形）を使った。
5音 **草の餅** **蓬餅** **母子餅**

菱餅 ひしもち 仲春
雛祭に使う紅白緑の三層より成る。

豆炒 まめいり 仲春 ⇩雛あられ（93頁）

雛菓子 ひながし 仲春 ⇩雛あられ（同右）

白酒 しろざけ 仲春
雛祭に使う酒。糯米、麴、味醂から作る。
例 白酒の紐の如くにつがれけり 高浜虚子
7音 **白酒徳利**

枸杞飯 くこめし 仲春 ⇩枸杞（12頁）

味噌玉 みそだま 初春 ⇩味噌豆煮る（140頁）

春窮 しゅんきゅう 晩春
昨年の収穫を春頃に食べ尽くしてしまうこと。

春燈／春灯 しゅんとう 三春
5音 **春燈／春灯** **春の燭**

春の燈 はるのひ 三春 ⇨春燈
例 やりすごす夜汽車の春の燈をつらね 木下夕爾

春の炉 はるのろ 三春
3音 **春炉**

炉塞 ろふさぎ 晩春
3音 **炉蓋**
5音 **炉の名残**

雪割 ゆきわり 仲春
雪国で根雪をスコップなどで割って雪解けを促すこと。

雪切 ゆききり 仲春 ⇨雪割

雪掘 ゆきほり　仲春　⇨雪割

雪消 ゆきけし　仲春　⇨雪割

草焼く くさやく　初春　⇩野焼(のやき)（20頁）

丘焼く おかやく　初春　⇩野焼（同右）

焼原 やきはら　初春　⇩野焼（同右）

山焼 やまやき　初春

肥沃化、害虫駆除などを目的に、野山を焼くこと。

3音 **山火**(やまび)

7音 **焼畑**(やきはた)**つくる**

山焼く やまやく　初春　⇨山焼

畑焼 はたやき　初春

肥沃化、害虫駆除などを目的に田畑や畦を焼くこと。

3音 **畦火**(あぜび)

畑焼く はたやく　初春　⇨畑焼

畦焼く あぜやく　初春　⇨畑焼

例 畦焼きぬ焼けざる草の突つ立ちぬ　相子智恵

芝焼 しばやき　初春

肥沃化、害虫駆除などを目的に枯芝を焼くこと。

3音 **芝火**(しばび)

芝焼く しばやく　初春　⇨芝焼

例 芝焼くや松ぼつくりの燃えはじむ　岸本尚毅

麦踏 むぎふみ　初春

麦の芽や根を踏むこと。成長のために何度か行う。

5音 **麦**(むぎ)**を踏**(ふ)**む**

耕し たがやし　三春

例 耕しの母石ころを子に投げて　西東三鬼

3音 **耕馬**(こうば)

耕す たがやす　三春　⇨耕し

例 耕すやむかし右京の土の艶　太祇

春耕 しゅんこう　三春　⇨耕し

耕人 こうじん　三春　⇨耕し

耕牛 こうぎゅう　三春　⇨耕し

田を打つ　たをうつ　晩春　⇩田打(たうち)（20頁）

田を鋤く　たをすく　晩春　⇩田打（同右）

畑打　はたうち　三春

種を蒔く前に畑の土を掘り返して柔らかくすること。

5音 **畑返す**(はたかえす)

畑打つ　はたうつ　三春　⇨畑打

畑鋤く　はたすく　三春　⇨畑打

畦塗　あぜぬり　晩春

田水が漏れ出ないように畦に泥土を塗り固めること。

畦塗　くろぬり　晩春　⇨畦塗

塗畦　ぬりあぜ　晩春　⇨畦塗

種物　たねもの　仲春

稲を除く穀類、野菜、草花の種の総称。

5音 **種袋**(たねぶくろ)　**種物屋**(たねものや)

物種　ものだね　仲春　⇨種物

種売　たねうり　仲春　⇨種物

花種　はなたね　仲春

例 花種の袋に花の絵がありぬ　今井杏太郎

5音 **花の種**(はなのたね)

種選　たねより　仲春　⇩種選(たねえらび)（94頁）

種池　たないけ　仲春　⇩種井(たない)（20頁）

種桶　たねおけ　仲春　⇩種井（同右）

種井戸　たないど　仲春　⇩種井（同右）

種浸け　たねつけ　晩春　⇩種浸し(たねひたし)（94頁）

種蒔　たねまき　晩春

籾を苗代に蒔くこと。稲作に限定して言う。

籾蒔く　もみまく　晩春　⇨種蒔

苗床　なえどこ　なへどこ　仲春

例 苗床にをる子にどこの子かときく　高野素十

3音 **苗圃**(びょうほ)

種床　たねどこ　仲春　⇨苗床

温床　おんしょう　をんしやう　仲春　⇨苗床

フレーム　仲春　⇨苗床

苗札　なえふだ　仲春　⇨苗床

苗市　なえいち　なへいち　仲春

苗売　なえうり　なへうり　晩春

例　苗売の前髪が目に入りさう　太田うさぎ

芋植う　いもうう　仲春

6音　**里芋植う**（さといもうう）

種芋　たねいも　仲春　⇨芋植う

芋の芽　いものめ　仲春　⇨芋植う

藷苗　いもなえ　いもなへ　仲春　⇨芋植う

菊植う　きくうう　晩春

例　菊植ゑて孫に書かする木札かな　一茶

藍蒔く　あいまく　あゐまく　初春

藍植う　あいうう　あゐうう　初春　⇨藍蒔く

麻蒔く　あさまく　仲春

蓮植う　はすうう　晩春

果樹植う　かじゅうう　仲春

桑植う　くわうう　くはうう　仲春

植林　しょくりん　晩春　⇩苗木植う（なえきうう）（94頁）

杉苗　すぎなえ　晩春　⇩苗木植う（同右）

剪定　せんてい　仲春

3音　**剪枝**（せんし）

5音　**剪定期**（せんていき）

切接　きりつぎ　仲春　⇩接木（つぎき）（21頁）

挿床　さしどこ　仲春　⇩挿木（さしき）（21頁）

株分　かぶわけ　仲春　⇩根分（ねわけ）（21頁）

海苔掻き　のりかき　初春　⇩海苔（14頁）

海苔採る　のりとる　初春　⇩海苔（同右）

海苔舟　のりぶね　初春　⇩海苔（同右）

海苔干す　のりほす　初春　⇩海苔（同右）

桑解く　くわとく　くはとく　仲春

桑を風雪から守るため括っておいた藁縄を解（ほど）くこと。

5音 **桑解く**（くわほどく）

桑摘　くわつみ　くはつみ　晩春

蚕の餌にする桑の葉を摘むこと。

5音 **桑摘女**（くわつみめ）

6音 **桑摘唄**（くわつみうた）

桑籠　くわかご　くはかご　晩春　⇨桑摘

養蚕　ようさん　やうさん　晩春　⇩蚕飼（こがい）（21頁）

蚕卵紙／種紙　たねがみ　晩春

蚕の成虫（蛾）に卵を産みつけさせる紙。

5音 **蚕卵紙**（さんらんし）

二番茶　にばんちゃ　晩春　⇩茶摘（ちゃつみ）（22頁）

茶摘女　ちゃつみめ　晩春　⇩茶摘（同右）

茶つくり　晩春　⇩製茶（せいちゃ）（22頁）

鮎汲　あゆくみ　晩春

川を遡る鮎を網などで追い込み、すくい取ること。

汲鮎　くみあゆ　晩春　⇨鮎汲

魞挿す　えりさす　初春

河川湖沼に魞（魚を獲る仕掛け）を設置すること。

例 魞挿すに名山ふたつ目で結ぶ　小池康生

鯛網　たいあみ　晩春

鯛を獲る漁網。

初磯　はついそ　晩春　⇩磯開（いそびらき）（95頁）

磯海女　いそあま　晩春　⇩海女（あま）（9頁）

沖海女　おきあま　晩春　⇩海女（同右）

磯桶　いそおけ　晩春　⇩海女（同右）

遠足　えんそく　ゑんそく　晩春

例 遠足の別々にゐる双子かな　岡田由季

観潮　かんちょう　くわんてう　仲春

渦潮を船上などから眺めること。

踏青　とうせい　たふせい　晩春

草の萌え出た山野で時を過ごすこと。

5音 **青き踏む**（あおきふむ）

野遊び のあそび 晩春

(例) 花子さん桜子さんと野遊へ 黒岩徳将

3音 **野(の)がけ**

5音 **山遊(やまあそ)び** **春遊(はるあそ)び** **ピクニック**

摘草 つみくさ 三春

(例) 摘草を紙につつみて忘れけり 田中裕明

草摘む くさつむ 三春 ⇨摘草

観梅 かんばい くわんばい 初春 ⇩梅見(うめみ)(22頁)

お花見 おはなみ 晩春 ⇩花見(はなみ)(22頁)

花人 はなびと 晩春 ⇩花見(同右)

桜見 さくらみ 晩春 ⇩桜狩(さくらがり)(96頁)

観桜 かんおう くわんあう 晩春 ⇩桜狩(同右)

花守 はなもり 晩春

桜の木の世話をする人。あるいは庭の桜の持ち主。

5音 **桜守(さくらもり)** **花(はな)の主(ぬし)**

6音 **花(はな)の主(あるじ)**

競漕 きょうそう きやうさう 晩春 ⇩ボートレース(142頁)

レガッタ 晩春 ⇩ボートレース(同右)

春場所 はるばしょ 仲春

5音 **浪花場所(なにわばしょ)**

6音 **三月場所(さんがつばしょ)** **大阪場所(おおさかばしょ)**

凧揚げ たこあげ 三春 ⇩凧(たこ)(9頁)

凧の尾 たこのお 三春 ⇩凧(同右)

切れ凧 きれだこ 三春 ⇩凧(同右)

風船 ふうせん 三春

(例) 置きどころなくて風船持ち歩く 中村苑子

(例) 天井に風船あるを知りて眠る 依光陽子

(例) 風船が廊下の奥に立つてゐた 佐山哲郎

(例) 風船浮く紐が畳にさはりゐて 小川軽舟

6音 **紙風船(かみふうせん)** **ゴム風船(ふうせん)** **風船玉(ふうせんだま)** **風船売(ふうせんうり)**

雉笛 きじぶえ 三春

雉を呼び寄せる笛。雉の声に似た音が出る。

ぶらんこ　三春

例　ぶらんこの影を失ふ高さまで　蘭草慶子

例　ちんぎんといふ死語ぶらんこに坐る　小川軽舟

5音　**半仙戯**（はんせんぎ）

ふらここ　三春　⇨ぶらんこ

例　ふらここを乗り捨て今日の暮らしかな　野口る理

例　ふらここの影がふらここより迅し　齋藤朝比古

例　弁天を抜けたあたりでみずてんのふらここ　加藤郁乎

鞦韆　しゅうせん　しうせん　三春　⇨ぶらんこ

例　鞦韆に腰かけて読む手紙かな　星野立子

例　鞦韆の裏を映せるにはたづみ　佐藤文香

例　鞦韆は漕ぐべし愛は奪ふべし　三橋鷹女

ゆさはり　ゆさわり　三春　⇨ぶらんこ

春眠　しゅんみん　三春

例　玉のせるかに春眠の童の手　上野泰

例　春眠のなかぬけてゆくしつけ糸　八田木枯

5音　**春眠し**（はるねむし）

6音　**春の眠り**（はるのねむり）

春睡　しゅんすい　三春　⇨春眠

春興　しゅんきょう　三春

春の遊びやおもしろさ、楽しさなどの総称。

例　春興や頬杖ついて海の上　岸田稚魚

3音　**春嬉**（しゅんき）

5音　**春の興**（はるのきょう）　**春愉し**（はるたのし）

春遊　しゅんゆう　三春　⇨春興

春融　しゅんゆう　三春　⇨春意（しゅんい）（23頁）

春情　しゅんじょう　しゅんじゃう　三春　⇨春意（同右）

春愁　しゅんしゅう　しゅんしう　三春

春に感じる愁い、哀愁。

例　春愁や二本の腕のありどころ　小川軽舟

5音　**春愁ひ**（はるうれひ）　**春愁ふ**（はるうれふ）　**春かなし**（はるかなし）

6音　**春の愁ひ**（はるのうれひ）　**春の恨み**（はるのうらみ）

春恨 しゅんこん　三春　⇨春愁

春怨 しゅんえん　しゅんゑん　三春　⇨春愁

受験子 じゅけんし　仲春　⇩入学試験（にゅうがくしけん）（163頁）

受験期 じゅけんき　仲春　⇩入学試験（同右）

合格 ごうかく　がふかく　仲春　⇩入学試験（同右）

及第 きゅうだい　きふだい　仲春　⇩入学試験（同右）

落第 らくだい　仲春

例 志俳句にありて落第す　高浜虚子

例 背の高くとてもきれいな子が落第　岡野泰輔

卒業 そつぎょう　そつげふ　仲春

例 卒業の椅子いつせいに軋みけり　齋藤朝比古

例 卒業や二人で運ぶ洗濯機　山口優夢

5音 **卒業期**（そつぎょうき）　**卒業歌**（そつぎょうか）

6音 **卒業式**（そつぎょうしき）　**卒業生**（そつぎょうせい）

進級 しんきゅう　しんきふ　仲春

入学 にゅうがく　にふがく　仲春

例 手洗ひて靴に飛沫や入学す　波多野爽波

5音 **入学児**（にゅうがくじ）　**新教師**（しんきょうし）

6音 **入学式**（にゅうがくしき）　**新入生**（しんにゅうせい）　**一年生**（いちねんせい）

入園 にゅうえん　にふゑん　仲春　三春　⇨入学

進学 しんがく　仲春　三春　⇨入学

春闘 しゅんとう　晩春

例 春闘妥結トランペットに吹き込む息　中島斌雄

4音　行事

寒食 かんしょく　仲春

冬至から一〇五日目（清明節の前日）、調理に火を使わず冷たいものを食べる、昔の中国の風習。

例 寒食の真似事なれど涙出づ　佐藤鬼房

6音 **寒食節**（かんしょくせつ）

雛市 ひないち　仲春

雛祭（三月三日）の前に雛や雛道具を売る市。

例 手のひらにかざつて見るや市の雛　一茶

5音 **雛の店**（ひなのみせ）　**雛売場**（ひなうりば）

雛見世　ひなみせ　仲春　⇨雛市

雛段　ひなだん　仲春　⇩雛祭（99頁）

例 雛壇を旅立つ雛もなくしづか　高山れおな

雛菓子　ひながし　仲春　⇩雛祭（同右）

紙雛　かみびな　仲春　⇩雛祭（同右）

例 紙雛や恋したさうな顔許り（ばかり）　正岡子規

初雛　はつびな　仲春　⇩雛祭（同右）

古雛　ふるびな　仲春　⇩雛祭（同右）

雛の日　ひなのひ　仲春　⇩雛祭（同右）

例 白き粥かがやく雛の日とおもふ　桂信子

雛の間　ひなのま　仲春　⇩雛祭（同右）

例 雛の間の見えてゐるなり理髪椅子　松山足羽

捨雛　すてびな　仲春　⇩雛流し（100頁）

闘牛　とうぎゅう　とうぎう　晩春

角を合わせて牛と牛を闘わせる娯楽。

5音 **牛角力**（うしずもう）　**牛合せ**（うしあわせ）

闘鶏　とうけい　晩春　⇩鶏合せ（とりあわせ）（100頁）

例 闘鶏の日輪を背に飛びかかる　津久井健之

賭鶏　かけどり　晩春　⇩鶏合せ（同右）

伊勢講　いせこう　三春　⇩伊勢参（いせまいり）（100頁）

義士祭　ぎしさい　晩春

四月一日～七日、東京・高輪の泉岳寺で行われる赤穂義士の御霊祭（みたまさい）。兵庫県赤穂市では十二月一四日、討ち入りの日に赤穂義士祭を行う。

5音 **義士祭**（ぎしまつり）

11音 **泉岳寺義士大祭**（せんがくじぎしたいさい）

メーデー　晩春

五月一日。世界各地で開催される労働者の祭典。もとは古代ヨーロッパの豊穣祈願の祭祀「五月祭」の意味。

例 ねむき子を負ひメーデーの後尾ゆく　佐藤鬼房

5音 **五月祭**（ごがつさい）
6音 **労働祭**（ろうどうさい）　**労働節**（ろうどうせつ）

どんたく　晩春
五月三日〜四日、福岡市で行われる祭礼。
7音 **どんたく囃子**（ばやし）

えんぶり　仲春
二月一七日〜二〇日、青森県八戸市周辺で行われる田植踊。

湯祈禱　ゆぎとう　ゆぎたう　仲春
三月一九日、道後温泉（愛媛県松山市）の祭事。

涅槃会　ねはんえ　ねはんゑ　仲春
釈迦入寂の日（旧暦二月一五日）の法要。
3音 **寝釈迦**（ねしやか）
5音 **涅槃像**（ねはんぞう）　**涅槃寺**（ねはんでら）

涅槃図　ねはんず　仲春　⇨涅槃会
例 涅槃図の裏側をゆく人の声　桂信子
例 涅槃図の吊しきれざる長さかな　明隅礼子

涅槃絵　ねはんえ　ねはんゑ　仲春　⇨涅槃会

お涅槃　おねはん　仲春　⇨涅槃会
例 お涅槃に近づいてゆく廊下かな　岸本尚毅

彼岸会　ひがんえ　ひがんゑ　仲春
春分を中心にした七日間の法要。
5音 **讃仏会**（さんぶつえ）　**彼岸寺**（ひがんでら）　**お中日**（ちゅうにち）　**彼岸餅**（ひがんもち）　**彼岸講**（ひがんこう）　**彼岸舟**（ひがんぶね）　**彼岸道**（ひがんみち）　**彼岸婆**（ひがんばば）
6音 **彼岸詣**（ひがんもうで）　**彼岸参**（ひがんまいり）　**彼岸団子**（ひがんだんご）

御影供　みえいく　晩春
空海（弘法大師）入定（にゅうじょう）の日、旧暦三月二一日に真言宗の寺が営む法要。
5音 **御影講**（みえいこう）　**弘法忌**（こうぼうき）　**空海忌**（くうかいき）

竜華会　りゅうげえ　りゅうげゑ　晩春　⇩仏生会（ぶっしょうえ）（102頁）

開帳　かいちょう　かいちやう　三春
寺などでふだん公開しない厨子（ずし）を開け、秘仏を拝観させること。

5音 出開帳（でかいちょう）　居開帳（いかいちょう）

6音 弘法（こうぼう）さん

啓龕　けいがん　三春　⇨開帳

開龕　かいがん　三春　⇨開帳

高花　たかばな　晩春　⇩花御堂（はなみどう）（102頁）

壬生祭　みぶさい　晩春　⇩壬生念仏（みぶねんぶつ）（145頁）

愛の日　あいのひ　初春　⇩バレンタインデー（175頁）

例 愛の日や貧しき街のまぶしき灯　髙柳克弘

妓王忌　ぎおうき　ぎわうき　仲春

旧暦二月一四日。『平家物語』に登場する白拍子、妓王の忌日。

利休忌　りきゅうき　りきうき　仲春

旧暦二月二八日。茶人千利休（一五二二〜一五九一年）の忌日。

例 利休忌やひきがねあまき火縄銃　土生重次

其角忌　きかくき　仲春

旧暦二月三〇日。江戸前期の俳諧師、宝井其角（一六六一〜一七〇七年）の忌日。

小町忌　こまちき　晩春

旧暦三月一八日。平安時代前期、九世紀頃の歌人、小野小町の忌日。

7音 小野小町忌（おののこまちき）

蓮如忌　れんにょき　晩春

旧暦三月二五日。室町時代の浄土真宗の僧、蓮如（一四一五〜一四九九年）の忌日。

右近忌　うこんき　初春

二月五日。キリシタン大名、高山右近（一五五二〜一六一五年）の忌日。

友二忌　ともじき　初春

二月八日。俳人・小説家、石塚友二（一九〇六〜一九八六年）の忌日。

例 友二忌や紙風船の白と赤　星野麥丘人

節忌　たかしき　初春

二月八日。歌人・小説家、長塚節（一八七九〜一九一五年）の忌日。

安吾忌　あんごき　初春

二月一七日。小説家、坂口安吾（一九〇六〜一九五五年）の忌日。

かの子忌　かのこき　初春

二月一八日。小説家、岡本かの子（一八八九〜一九三九年）の忌日。

兜太忌　とうたき　初春

二月二〇日。俳人、金子兜太（一九一九〜二〇一八年）の忌日。

多喜二忌　たきじき　初春

二月二〇日。小説家、小林多喜二（一九〇三〜一九三三年）の忌日。

艸魚忌　そうぎょき　さうぎよき　初春　⇩風生忌（104頁）

不器男忌　ふきおき　初春

二月二四日。俳人、芝不器男（一九〇三〜一九三〇年）の忌日。

龍太忌　りゅうたき　初春

二月二五日。俳人、飯田龍太（一九二〇〜二〇〇七年）の忌日。

茂吉忌　もきちき　初春

二月二五日。歌人、斎藤茂吉（一八八二〜一九五三年）の忌日。

立子忌　たつこき　初春

三月三日。俳人、星野立子（一九〇三〜一九八四年）の忌日。

赤黄男忌　かきおき　仲春

三月七日。俳人、富澤赤黄男（一九〇二〜一九六二年）の忌日。

みすゞ忌　みすずき　仲春

三月一〇日。詩人、金子みすゞ（一九〇三〜一九三〇年）の忌日。

真砂女忌　まさじょき　仲春

三月一四日。俳人、鈴木真砂女（一九〇六〜二〇〇三年）の忌日。

月斗忌　げっとき　仲春

三月一七日。俳人、青木月斗（一八七九〜一九四九年）の忌日。

誓子忌　せいしき　仲春

三月二六日。俳人、山口誓子（一九〇一〜一九九四年）の忌日。

三鬼忌　さんきき　晩春

四月一日。俳人、西東三鬼（一九〇〇〜一九六二年）の忌日。

5音 **西東忌**（さいとうき）

達治忌　たつじき　晩春

四月五日。詩人、三好達治（一九〇〇〜一九六四年）の忌日。

椿寿忌　ちんじゅき　晩春　⇩虚子忌（きょしき）（24頁）

虚子の忌　きょしのき　晩春　⇩虚子忌（同右）

例 虚子の忌の大浴場に泳ぐなり　辻桃子

荷風忌　かふうき　晩春

四月三〇日。作家、永井荷風（一八七九〜一九五九年）の忌日。

修司忌　しゅうじき　晩春

五月四日。劇作家、寺山修司（一九三五〜一九八三年）の忌日。

5音 **寺山忌**（てらやまき）

4音 動物

種つけ　たねつけ　三春　⇩獣交る（けものさかる）（146頁）

種馬 たねうま　三春　⇩獣交る（同右）

種牛 たねうし　三春　⇩獣交る（同右）

若駒 わかごま　晩春

5音 **春の駒**（はるのこま）　**春の馬**（はるのうま）

春駒 はるごま　晩春　⇨若駒

馬の子／馬の仔 うまのこ　晩春

3音 **子馬**（こうま）／**仔馬**（こうま）

5音 **孕み馬**（はらみうま）

7音 **馬の子生る**（うまのこうまる）

海豹 あざらし　三春

恋猫 こいねこ　こひねこ　初春　⇩猫の恋（106頁）

猫の子／猫の仔 ねこのこ　初春

3音 **子猫**（こねこ）／**仔猫**（こねこ）

亀鳴く かめなく　三春

想像上の季語。藤原為家の和歌「川越のをちの田中の夕闇に何ぞと聞けば亀のなくなり」が起源とされる。

例 東京に亀鳴くといふ日向かな　田中裕明

7音 **亀の看経**（かめのかんきん）

蟇出づ ひきいづ　仲春　⇩蟇穴を出づ（164頁）

蛇出づ へびいづ　仲春　⇩蛇穴を出づ（165頁）

春禽 しゅんきん　三春　⇩春の鳥（はるのとり）（106頁）

貌鳥／容鳥 かおどり　かほどり　三春

古くから和歌などに詠まれているが、どんな鳥か不明。

5音 **貌よ鳥**（かおよどり）

箱鳥／杲鳥 はこどり　三春　⇨貌鳥

花鳥 はなどり　三春

花鳥風月が由来の季語。特定の鳥を指すのではない。

鶯 うぐいす　うぐひす　三春

例 鶯の鳴きさうな家ばかりなり　正岡子規

5音 **匂鳥**（においどり）

6音 **初鶯**（はつうぐいす）　**春告鳥**（はるつげどり）

8音 **鶯の初音**（うぐいすのはつね）

10音 **鶯の谷渡り**（うぐいすのたにわたり）

山鳥 やまどり　三春

キジ科の鳥。雉よりやや大きい。

小綬鶏 こじゅけい　三春

キジ科の留鳥。

雲雀野 ひばりの　三春　⇩雲雀（24頁）

例 雲雀野や赤子に骨のありどころ　飯田龍太

頬白 ほおじろ　ほほじろ　晩春

身近な野鳥。全体に褐色で、眉や頬に白い帯が入る。

つばくろ 晩春　⇩燕（つばめ）（24頁）

つばくら 晩春　⇩燕（同右）

引鶴 ひきづる　仲春

冬を越して春に北方へ帰る鶴。

5音 **鶴帰る**（つるかえる）　**帰る鶴**（かえるつる）　**残る鶴**（のこるつる）

鶴去る つるさる　仲春　⇨引鶴

引鴨 ひきがも　仲春

日本で冬を越した鴨が北方へ帰っていくこと。

5音 **鴨帰る**（かもかえる）

行く雁 ゆくかり　仲春　⇩雁帰る（108頁）

雁行く かりゆく　仲春　⇩雁帰る（同右）

例 東京の雁ゆく空となりにけり　久保田万太郎

鳥引く とりひく　仲春　⇩鳥帰る（108頁）

引鳥 ひきどり　仲春　⇩鳥帰る（同右）

囀 さえずり　さへづり　三春

例 囀りをこぼさじと抱く大樹かな　星野立子

囀る さえずる　さへづる　三春　⇨囀

例 囀りて水のおもてをもてあそぶ　八田木枯

例 鍵束のなかの一つが囀れり　佐々木六戈

雀子 すずめこ　晩春　⇩雀の子（すずめのこ）（109頁）

子雀 こすずめ　晩春　⇩雀の子（同右）

鳥の巣 とりのす　三春

例 鳥の巣や上ゆく雲もそのかたち　依光陽子

例　鳥の巣に鳥が入つてゆくところ　波多野爽波

3音　巣組み

5音　小鳥の巣

巣籠り　すごもり　三春　⇨鳥の巣

巣燕　すつばめ　三春　⇩燕の巣（109頁）

親鳥　おやどり　晩春　⇩巣立鳥（109頁）

抱卵　ほうらん　はうらん　晩春　⇩鳥の卵（146頁）

浮鯛　うきだい　うきだひ　晩春

浮き袋の調節ができずに海面に浮いてしまった鯛。

魚島　うおじま　うをじま　晩春

鯛が産卵のために群れ、海面が盛り上がること。

くろめじ　三春　⇩めじ（10頁）

鮎並　あいなめ　三春

カサゴ目の魚。北海道、東北では「あぶらこ」、関西では「あぶらめ」と呼ばれる。

あぶらめ　三春　⇨鮎並

あぶらこ　三春　⇨鮎並

鮊子／玉筋魚　いかなご　晩春

例　鮊子を泥のごとくに量りをり　津川絵理子

5音　かますじゃこ

6音　鮊子干す

こうなご　晩春　⇨鮊子

かますご　晩春　⇨鮊子

かみそり　晩春　⇩銀宝（25頁）

ごんずい　晩春

ナマズ目の海水魚。約二〇センチで細長く黒褐色。模様として黄色の線が二本入る。鰭に毒のある棘がある。

白魚　しらうお　しらうを　初春

シラウオ科の魚の総称。体は細長く半透明に透け、横腹に二列の黒点が並ぶ。煮干し、佃煮、刺身、吸い物など幅広い調理方法で食される。

例　白魚は仮名ちるごとく煮えにけり　阿波野青畝

例 白魚のさかなたること略しけり　中原道夫

3音 **しらを**

5音 **白魚捕**（しらおとり）　**白魚汲む**（しらおくむ）　**白魚舟**（しらおぶね）　**白魚鍋**（しらおなべ）

6音 **白魚飯**（しらうおめし）　**白魚鍋**（しらうおなべ）

しろうを　しろうお　初春　⇨白魚

紅鱒　べにます　晩春　⇩鱒（ます）（10頁）

鱒釣り　ますつり　晩春　⇩鱒（同右）

公魚／鰙／鮇　わかさぎ　三春

湖の氷上での穴釣りで知られる。

例 公魚をさみしき顔となりて喰ふ　草間時彦

2音 **ちか**

5音 **雀魚**（すずめうお）　**桜魚**（さくらうお）

あまさぎ　三春　⇨公魚

初鮒　はつぶな　晩春

冬眠から覚めた鮒。巣の粗朶（そだ）を出て活動範囲を広げる。

6音 **鮒の巣立ち**（ふなのすだち）

7音 **鮒の巣離れ**（ふなのすばなれ）

若鮎　わかあゆ　晩春

稚魚が海で育ち、若鮎となって川を遡る。

3音 **小鮎**（こあゆ）

5音 **上り鮎**（のぼりあゆ）

鮎の子　あゆのこ　晩春　⇨若鮎

まついか　晩春　⇩螢烏賊（ほたるいか）（110頁）

花烏賊　はないか　晩春

個別種ではなく桜の咲く頃の烏賊。

3音 **真烏賊**（まいか）

5音 **桜烏賊**（さくらいか）

甲烏賊　こういか　かふいか　晩春　⇨花烏賊

飯蛸／望潮魚　いいだこ　いひだこ　初春

いしだこ　初春　⇨飯蛸

蛤　はまぐり　三春

例 蛤の荷よりこぼるるうしほかな　正岡子規

例 蛤の吐いたやうなる港かな　正岡子規

例 都でも呑んでゐさうな大蛤　仲寒蟬

6音 **蛤鍋**（はまぐりなべ）　**蒸蛤**（むしはまぐり）　**焼蛤**（やきはまぐり）

黒貝　くろがい　くろがひ　三春　⇩貽貝（いがい）（26頁）

瀬戸貝　せとがい　せとがひ　三春　⇩貽貝（同右）

海松食　みるくい　みるくひ　三春

バカガイ科の二枚貝。太い水管が食用。

海松貝　みるがい　みるがひ　三春　⇨海松食

赤貝　あかがい　あかがひ　三春

2音 **蚶**（きさ）

3音 **血貝**（ちがい）

常節／小鮑　とこぶし　三春

6音 **千年貝**（せんねんがい）

7音 **万年鮑**（まんねんあわび）

馬刀貝／馬蛤貝　まてがい　まてがひ　三春

長円筒形で黄褐色の殻が一〇センチを超える二枚貝。

例 馬刀貝やいつもさらっと来る正午　宮崎斗士

2音 **馬刀**（まて）

6音 **剃刀貝**（かみそりがい）

馬刀突　まてつき　三春　⇨馬刀貝

馬刀掘　まてほり　三春　⇨馬刀貝

馬珂貝／馬鹿貝　ばかがい　ばかがひ　三春

6音 **おおとり貝**（がい）

うば貝　うばがい　うばがひ　三春　⇨馬珂貝

青柳　あおやぎ　あをやぎ　三春　⇨馬珂貝

潮吹　しおふき　しほふき　三春

バカガイ科の二枚貝。殻は黄褐色で丸みを帯びる。

鳥貝　とりがい　とりがひ　三春

殻は球状にふくらみ、色は淡黄色、表面が波形。すし種や酢の物で食される。

ぜぜ貝　ぜぜがい　ぜぜがひ　三春　⇩細螺（きさご）（26頁）

紅貝　べにがい　べにがひ　三春　⇩桜貝（さくらがい）（111頁）

花貝　はながい　はながひ　三春　⇩桜貝（同右）

川蜷　かわにな　かはにな　三春　⇩蜷（10頁）

磯蜷　いそにな　三春　⇩蜷（同右）

海蜷　うみにな　三春　⇩蜷（同右）

寄居虫　やどかり　三春

十脚目の節足動物で貝殻を背負って暮らす甲殻類の総称。軟らかい腹部を保護するため、空になった巻き貝に入る。

3音　**ごうな**

5音　**ごうな売**

6音　**やどかり売**

例　やどかりと貝の別れやあつけなし　竹岡一郎

蟻出づ　ありいづ　仲春　⇩蟻穴を出づ（165頁）

初蝶　はつちょう　はつてふ　仲春

その年初めて見る蝶。

例　初蝶来何色と問ふ黄と答ふ　高浜虚子

例　初蝶をただ皺みたるひかりとも　冨田拓也

例　初蝶やしんとつめたき蔵王堂　岸本尚毅

粉蝶　しろちょう　しろてふ　三春　⇩蝶（10頁）

蝶々　ちょうちょう　てふてふ　三春　⇩蝶（同右）

例　蝶々のもの食ふ音の静かさよ　高浜虚子

花蜂　はなばち　三春　⇩蜂（11頁）

蜜蜂　みつばち　三春　⇩蜂（同右）

熊蜂　くまばち　三春　⇩蜂（同右）

例　熊蜂のふし穴のぞく日和哉　正岡子規

土蜂　つちばち　三春　⇩蜂（同右）

穴蜂　あなばち　三春　⇩蜂（同右）

雄蜂　おすばち　をすばち　三春　⇩蜂（同右）

蜂飼ふ　はちかう　はちかふ　三春　⇩蜂（同右）

蜂の子　はちのこ　三春　⇩蜂（同右）

蜂の巣　はちのす　三春　⇩蜂（同右）

蜂窩　はちのす　⇩蜂（同右）

姫虻 ひめあぶ　晩春　⇩虻（11頁）

花虻 はなあぶ　晩春　⇩虻（同右）

青虻 あおあぶ　あをあぶ　晩春　⇩虻（同右）

春の蚊 はるのか　晩春

例 畳目にまぎれて春の蚊なりけり　岡本眸

例 春の蚊が浮きまなうらに目のありぬ　鴇田智哉

3音 **春蚊**（はるか）　**初蚊**（はつか）

蠅の子 はえのこ　はへのこ　晩春　⇩蠅生る（はえうまる）（113頁）

春蟬 はるぜみ　晩春

例 春蟬の鳴きては止みぬ止むは長く　加藤楸邨

5音 **春の蟬**（はるのせみ）

春蟬 しゅんせん　晩春　⇨春蟬

松蟬 まつぜみ　晩春　⇨春蟬

4音　植物

飛梅 とびうめ　初春　⇩梅（うめ）（11頁）

盆梅 ぼんばい　初春　⇩梅（同右）

例 盆梅を置くや彼方に在るごとく　依光陽子

梅が香 うめがか　初春　⇩梅（同右）

例 梅が香や障子の破（やれ）も加減よし　乙由

例 梅が香やどなたが来ても欠茶碗　一茶

例 梅が香にのつと日の出る山路かな　芭蕉

白梅 はくばい　初春　⇩梅（同右）

例 白梅や天没地没虚空没　永田耕衣

例 白梅や父に未完の日暮あり　櫂未知子

老梅 ろうばい　初春　⇩梅（同右）

梅林 ばいりん　初春　⇩梅（同右）

梅園 ばいえん　初春　⇩梅（同右）

観梅 かんばい　初春　⇩梅（同右）

紅梅 こうばい　初春

例 紅梅は空に遊びて降りて来ず　八田木枯

例 紅梅の影ワイシャツの肩にあり　岸本尚毅

5音 **未開紅**（みかいこう）
6音 **薄紅梅**（うすこうばい）

初花　はつはな　仲春
その春に最初に咲く桜。
5音 **初桜**（はつざくら）

夜桜　よざくら　晩春　⇩桜（28頁）
例 夜桜の根の摑みゐる大地かな　三村純也

花片　はなびら　晩春　⇩花（12頁）
例 花びらの一つを恋ふる静電気　石田郷子

花散る　はなちる　晩春　⇩落花（らっか）（28頁）

花屑　はなくず　晩春　⇩落花（同右）

山茱萸　さんしゅゆ　初春　⇩山茱萸（さんしゅゆ）の花（はな）（166頁）
例 貧相な山茱萸これはこれで好き　飯島晴子

黄梅　おうばい　わうばい　初春
梅とあるがモクセイ科の落葉低木。黄色の六弁の花。
5音 **迎春花**（げいしゅんか）

三椏　みつまた　仲春　⇩三椏（みつまた）の花（はな）（166頁）
例 三椏の蕾に鼻をこつこつと　飯島晴子

沈丁　じんちょう　ぢんちやう　仲春　⇩沈丁花（じんちょうげ）（116頁）
例 沈丁の香の強ければ雨やらん　松本たかし

瑞香　ずいこう　ずいかう　仲春　⇩沈丁花（同右）

芸香　うんこう　うんかう　仲春　⇩沈丁花（同右）

連翹　れんぎょう　れんげう　仲春
モクセイ科の落葉低木。鮮黄色の小花が密集して咲く。
5音 **いたちぐさ**　**いたちはぜ**

しろむら　仲春　⇩土佐水木（とさみずき）（116頁）

海棠　かいどう　かいだう　晩春
バラ科の落葉小高木。花は紅色の一重または八重。
6音 **花海棠**（はなかいどう）
7音 **垂糸海棠**（すいしかいどう）

海紅　かいこう　晩春　⇨海棠

リラ冷　りらびえ　晩春　⇩ライラック（116頁）

霧島躑躅　きりしま　晩春

園芸種。二重や八重、白や緋色など、形状・色が豊富。

7音　**霧島躑躅**（きりしまつつじ）

例　きりしまや葉一つなき真盛　富安風生

アザレア　仲春

7音　**オランダ躑躅**（つつじ）

木蓮／木蘭　もくれん　仲春

高さ三〜四メートルになり、暗紫色の六弁化。花色がさらに黒みがかると烏木蓮、白いものを白木蓮と呼ぶ。

5音　**紫木蓮**（しもくれん）

6音　**白木蓮**（はくもくれん）

7音　**烏木蓮**（からすもくれん）

はくれん　仲春　⇨木蓮

例　はくれんのくたぶれ咲や瓦町　星野麦丘人

山藤　やまふじ　やまふぢ　晩春　⇩藤（12頁）

藤棚　ふじだな　ふぢだな　晩春　⇩藤（同右）

藤房　ふじふさ　ふぢふさ　晩春　⇩藤（同右）

山吹　やまぶき　晩春

バラ科の落葉低木。叢生の茎が一メートル以上になり、花は黄色の五弁。園芸種の八重山吹は実をつけない。

例　山吹や葉に花に葉に花に葉に　太祇

例　山吹のほどけかかるや水の幅　千代女

5音　**濃山吹**（こやまぶき）　**葉山吹**（はやまぶき）　**かがみ草**（ぐさ）

6音　**白山吹**（しろやまぶき）　**八重山吹**（やえやまぶき）　**面影草**（おもかげぐさ）

白桃　しらもも　晩春　⇩桃の花（118頁）

桃咲く　ももさく　晩春　⇩桃の花（同右）

例　桃咲くやこの世のものとして電車　山口優夢

梨花　なしばな　晩春　⇩梨の花（118頁）

梨咲く　なしさく　晩春　⇩梨の花（同右）

メドラー　晩春　⇩榠樝（かりん）の花（はな）（150頁）

伊予柑　いよかん　三春

5音　**伊予蜜柑**（いよみかん）

ネーブル　三春

6音 **甘橙**(あまだいだい)

八朔　はっさく　三春　⇩八朔柑(はっさくかん)（150頁）

春林　しゅんりん　三春

5音 **春の森**(はるのもり)

6音 **春の林**(はるのはやし)

春の木／春の樹　はるのき　三春

蘖　ひこばえ　晩春

木々の根元や切株から伸び立つ新芽のこと。

3音 **余蘖**(よげつ)

ひこばゆ　晩春　⇨蘖

例 灯台に大ぜい上り蘖(ひこば)ゆる　波多野爽波

芽柳　めやなぎ　仲春　⇩柳の芽（119頁）

楤の芽／多羅の芽　たらのめ　仲春

楤の木はウコギ科の落葉低木。新芽は風味が良く、天ぷらなど様々に調理される。

3音 **うどめ**　**楤芽**(たらめ)

5音 **うどもどき**

楤摘む　たらつむ　仲春　⇨楤の芽

紫蘇の芽　しそのめ　三春

3音 **芽紫蘇**(めじそ)

枸杞の芽　くこのめ　仲春　⇩枸杞（12頁）

枸杞摘む　くこつむ　仲春　⇩枸杞（同右）

五加茶　うこぎちゃ　仲春　⇩五加（29頁）

令法茶　りょうぶちゃ　りやうぶちや　仲春　⇩令法（30頁）

桑の芽　くわのめ　くはのめ　晩春　⇩桑（12頁）

青柳　あおやぎ　あをやぎ　晩春　⇩柳(やなぎ)（30頁）

金縷梅　まんさく　初春

ねじれた黄色の四弁花。初春に他に先駆けて「まず咲く」が名の由来とも。山地に自生し、また観賞用に庭などにも植えられる。

例 天神の裏のまんさく日和かな　太田うさぎ

5音

金縷梅（きんろばい）　**銀縷梅**（ぎんろばい）

花木瓜　はなぼけ　晩春　⇩木瓜の花（119頁）

白木瓜　しろぼけ　晩春　⇩木瓜の花（同右）

ロベリア　晩春

キキョウ科の一年草。花は蝶のような形で青、紫、白、桃色など豊富。

6音　**瑠璃蝶々**（るりちょうちょう）

7音　**瑠璃溝隠**（るりみぞかくし）

いばなし　晩春　⇩岩梨の花（168頁）

あららぎ　晩春　⇩一位の花（152頁）

枸橘　からたち　晩春　⇩枸橘の花（169頁）

姫黄楊　ひめつげ　晩春　⇩黄楊の花（121頁）

はなしば　晩春　⇩樒の花（152頁）

はなの木　はなのき　晩春　⇩樒の花（同右）

竹秋　ちくしゅう　ちくしう　晩春　⇩竹の秋（121頁）

春筍　しゅんじゅん　晩春　⇩春の筍（170頁）

胡蝶花　こちょうか　こてふくわ　晩春　⇩三色菫（170頁）

パンジー　晩春　⇩三色菫（同右）

例　パンジーの中に光るは箒の柄　岸本尚毅

ストック　晩春

アブラナ科の多年草。南欧原産の園芸品種。数十センチの茎に赤、ピンク、紫、白色などの四弁花が総状に咲く。

6音　**紫羅欄花**（あらせいとう）

雛菊　ひなぎく　三春

キク科の多年草だが、日本では暑い夏を越せず一年草。八重咲きで、花の大きさは様々。色は白、ピンク、赤など。

6音　**長命菊**（ちょうめいぎく）　**延命菊**（えんめいぎく）

デージー　三春　⇨雛菊

例　踏みて直ぐデージーの花起き上る　高浜虚子

春百合　はるゆり　仲春　⇩貝母の花（153頁）

初百合　はつゆり　仲春　⇩貝母の花（同右）

母栗　ははくり　仲春　⇩貝母の花（同右）

蕗菊　ふきぎく　晩春　⇩シネラリア（123頁）

アネモネ　晩春

キンポウゲ科イチリンソウ属の総称。多年草。茎は数十センチまで伸び、花は五センチ以上と大きく、白、赤、ピンク、青、紫色など。

例 アネモネの花にはじまる一講話　京極杞陽

例 アネモネや肉の中から爪伸びて　鳥居真里子

例 姉にアネモネ一行二句の毛は成りぬ　摂津幸彦

5音 **はないちげ**

6音 **ぼたんいちげ**

9音 **紅花翁草**

苧環　おだまき　晩春　⇩苧環の花（171頁）

糸繰　いとくり　晩春　⇩苧環の花（同右）

菊の芽　きくのめ　仲春　⇩菊の苗（124頁）

菜の花　なのはな　晩春

アブラナ科の越年草。黄色の四弁花が密集して咲く。

例 菜の花や昼ひとしきり海の音　蕪村

例 菜の花の中や大きな水たまり　岸本尚毅

3音 **花菜**

6音 **菜種の花**

7音 **菜の花畑**

春茅　はるがや　晩春

イネ科の多年草。細い茎が叢生し緑褐色の穂をつける。

茎立　くくたち　仲春

大根や蕪などが蕾をつけた茎を高く伸ばすこと。これを薹と呼び、味が落ちることから「薹が立つ」の慣用句がある。

例 茎立やおもはぬ方に月ありて　岸田稚魚

くきだち　仲春　⇨茎立

掻萵苣　かきぢしゃ　三春　⇩萵苣（13頁）

玉萵苣　たまぢしゃ　三春　⇩萵苣（同右）

二月菜　にがつな　にぐわつな　初春　⇩如月菜（きさらぎな）（125頁）

芥菜／芥子菜／辛菜　からしな　初春

葉は濃緑色または紫がかった緑。長く鋸状で皺がある。漬物などにする。黄色の小さな十字形の花をつける。

5音　**青芥子（あおがらし）**

ながらし　初春　⇨芥菜

春菊　しゅんぎく　三春

3音　**菊菜（きくな）**

山独活　やまうど　晩春　⇩独活（うど）（13頁）

ふたもじ　仲春　⇩韮（にら）（13頁）

蒜／葫／大蒜　にんにく　仲春

浅葱　あさつき　仲春

7音　**千本分葱（せんぼんわけぎ）**

糸葱　いとねぎ　仲春　⇨浅葱

せんぶき　仲春　⇨浅葱

防風　ぼうふう　ばうふう　三春

海岸の砂地に自生。黄色がかった若芽や紅色の葉柄を刺身のツマなどにする。夏に白い小花を咲かせる。

5音　**はまにがな**

6音　**浜防風（はまぼうふう）**　**防風摘み（ぼうふうつ）**　**防風掘る（ぼうふうほ）**　**防風取る（ぼうふうと）**

山葵田　わさびだ　晩春　⇩山葵（わさび）（31頁）

葉山葵　はわさび　晩春　⇩山葵（同右）

えぐいも　初春　⇩烏芋（くろぐわい）（126頁）

青麦　あおむぎ　あをむぎ　三春

麦の若葉から青い穂までをいう。

5音　**麦青む（むぎあお）**

春草　しゅんそう　しゅんさう　⇩春（はる）の草（くさ）（126頁）

芳草　ほうそう　はうさう　三春　⇩春の草（同右）

下萌　したもえ　初春

草の芽が萌え出ること。

草萌　くさもえ　初春　⇨下萌

青草　あおくさ　あをくさ　初春　⇩草青む（くさあお）（126頁）

草の芽　くさのめ　初春

例　草の芽の露おくことをはや知れる　山口青邨

5音　**名草の芽**（なぐさのめ）

ものの芽　もののめ　初春

草の芽、木の芽の総称。

例　ものの芽をうるほしゐしが本降りに　林翔

蔦の芽　つたのめ　仲春

若草／嫩草　わかくさ　晩春

例　若草に口ばしぬぐふ烏かな　凡兆

例　わか草に笠投げやりて入る湯かな　一茶

例　若草にきれいに坐るつまらなし　髙柳克弘

5音　**草若し**（くさわか）　**若草野**（わかくさの）

新草　にいくさ　晩春　⇨若草

古草　ふるくさ　初春

冬も枯れず青いまま春を迎える草。

若芝　わかしば　晩春

例　若芝に引く白線の起伏かな　榮猿丸

5音　**春の芝**（はるしば）　**芝萌ゆる**（しばも）　**芝青む**（しばあお）

芝の芽　しばのめ　晩春　⇨若芝

芝萌ゆ　しばもゆ　晩春　⇨若芝

若萩　わかはぎ　晩春　⇩萩若葉（はぎわかば）（119頁）

小すみれ　こすみれ　三春　⇩菫（すみれ）（31頁）

菫野　すみれの　三春　⇩菫（同右）

五形花　げげばな　晩春　⇩紫雲英（げんげ）（31頁）

げんげん　晩春　⇩紫雲英（同右）

紫雲英田　げんげだ　晩春　⇩紫雲英（同右）

例　頭悪き日やげんげ田に牛暴れ　西東三鬼

例　ライターが点かぬげんげ田にひとり　瀬戸正洋

蒲公英　たんぽぽ　三春

例　たんぽぽを活けて一部屋だけの家　佐藤文香

例　牛死せり片眼は蒲公英に触れて　鈴木牛後

例 たんぽぽのサラダの話野の話　高野素十

例 顔じゅうを蒲公英にして笑うなり　橋閒石

例 蒲公英のまわりの濡れている市場　田島健一

例 蒲公英の絮吹く男天へ地へ　岸本尚毅

例 たんぽぽのどこかみだらな踏まれやう　松本てふこ

2音 **たな**

3音 **ふじな**

5音 **鼓草**（つづみぐさ）

7音 **蒲公英**（たんぽぽ）**の絮**（わた）

8音 **白花**（しろばな）**たんぽぽ**　**西洋**（せいよう）**たんぽぽ**　**食用**（しょくよう）**たんぽぽ**

土筆野　つくしの　仲春　⇩土筆（32頁）

接ぎ松　つぎまつ　晩春　⇩杉菜（すぎな）（32頁）

はこべら　三春　⇩蘩蔞（はこべ）（32頁）

例 はこべらのひよこはすぐにはとりに　対中いずみ

はくべら　三春　⇩蘩蔞（同右）

みきくさ　三春　⇩蘩蔞（同右）

プリムラ　晩春　⇩桜草（さくらそう）（128頁）

ねこぐさ　晩春　⇩翁草（おきなぐさ）（128頁）

虎杖　いたどり　仲春

タデ科の野草。太い芽茎を食用にする。

5音 **さいたずま**

7音 **みやまいたどり**

すかんぽ　仲春　⇩酸葉（すいば）（32頁）

すいすい　仲春　⇩酸葉（同右）

羊蹄　ぎしぎし　仲春

タデ科の野草。葉が大きく長い楕円形で先が丸い。

6音 **陸**（りく）**じゅんさい**

羊歯萌ゆ／歯朶萌ゆ　しだもゆ　初春

枯れていた羊歯が新芽を出し若葉を伸ばすこと。

蕨手　わらびて　仲春　⇩蕨（わらび）（32頁）

煮蕨　にわらび　仲春　⇩蕨（同右）

早蕨　さわらび　仲春　⇩蕨（同右）

薇 ぜんまい 仲春

多年生のシダ植物。若葉は渦巻き状で白い綿毛で覆われる。古くから山菜として食されてきた。

例 ぜんまいののの字ばかりの寂光土 川端茅舎

6音 **薇採り**（ぜんまいとり） **薇飯**（ぜんまいめし） **干薇**（ほしぜんまい）

芹摘 せりつみ 仲春 ⇩芹（せり）（13頁）

畑芹 はたぜり 仲春 ⇩芹（同右）

水芹 みずぜり 仲春 ⇩芹（同右）

白芹 しろぜり 仲春 ⇩芹（同右）

毒芹 どくぜり 仲春 ⇩芹（同右）

大芹 おおぜり おほぜり 仲春 ⇩芹（同右）

婆芹 おばぜり 仲春 ⇩芹（同右）

沢芹 さわぜり さはぜり 仲春 ⇩芹（同右）

沼芹 ぬまぜり 仲春 ⇩芹（同右）

山蒜 やまびる 仲春 ⇩野蒜（のびる）（33頁）

沢蒜 さわびる さはびる 仲春 ⇩野蒜（同右）

春蘭 しゅんらん 仲春

多年草。花は青みのある淡黄色。観賞用に庭や鉢に植える。

例 春蘭の花とりすつる雲の中 飯田蛇笏

3音 **ほくり** **ほくろ** **はくり** **えくり**

6音 **報歳蘭**（ほうさいらん）

金蘭 きんらん 晩春

ラン科の多年草。黄色の花が穂状につく。

銀蘭 ぎんらん 晩春

ラン科の多年草。銀白色の花を穂状につける。

7音 **笹葉銀蘭**（ささばぎんらん）

毛茛 もうこん 晩春 ⇩狐の牡丹（きつねのぼたん）（171頁）

黄えびね きえびね 晩春 ⇩化偸草（えびね）（33頁）

蕗の芽 ふきのめ 初春 ⇩蕗の薹（ふきのとう）（130頁）

餅草 もちぐさ 三春 ⇩蓬（よもぎ）（33頁）

やきぐさ 三春 ⇩蓬（同右）

蓬生　よもぎう　三春　⇩蓬（同右）

明日葉　あしたば　晩春

セリ科の多年草。若い茎葉は食用。葉を摘んでも翌日には若葉が出てくることからこの名。花期は秋。

茅花野　つばなの　仲春　⇩茅花（34頁）

茅が花　じがはな　仲春　⇩茅花（同右）

雛草　ひなぐさ　晩春　⇩髢草（131頁）

槍草　やりぐさ　晩春　⇩雀の鉄砲（177頁）

かたばな　初春　⇩片栗の花（172頁）

瑠璃草　るりそう　るりさう　晩春

山地の木陰などに生える多年草。二叉の茎の先に青緑色で五裂花を付ける。花が白色のものを玻璃草と呼ぶ。

6音　**山瑠璃草**

玻璃草　はりそう　はりさう　晩春　⇨瑠璃草

田芥　たがらし　晩春　⇩種漬花（158頁）

ていれぎ　仲春

アブラナ科の多年草。花は白色で十字形の四弁。

9音　**大葉種漬花**

野漆　のうるし　晩春

山野の湿地に生えるトウダイグサ科の多年草。花は浅葱色。

3音　**乳草**

細水葱　ささなぎ　仲春　⇩小水葱（34頁）

クレソン　三春

清流のほとりに群生するアブラナ科の多年草。明治初年に移入・栽培され、野生でも広がった。

3音　**川菜**

5音　**川高菜**　**水芥子**

7音　**和蘭芥子**

蘆の芽　あしのめ　仲春　⇩蘆の角（132頁）

蘆牙　あしかび　仲春　⇩蘆の角（同右）

例　葦牙の影まつすぐに波のなか　対中いずみ

蘆芽 あしかめ 仲春 ⇩蘆の角（同右）

若蘆 わかあし 晩春 ⇩蘆若葉（132頁）

荻の芽 おぎのめ をぎのめ 仲春 ⇩荻の角（132頁）

若荻 わかおぎ わかをぎ 晩春 ⇩荻若葉（132頁）

若菰 わかこも 晩春

真菰（夏の季語）は沼地に群生するイネ科の多年草。根茎の匐枝から新しく地上に芽を出したばかりの状態。根元に菌が付着すると茎から瘤が育つ。これを菰筍、菰菜、菰角などと呼ぶ。

3音 **菰筍** **菰菜**

菰角／茭白 こもづの 晩春 ⇨若菰

眉はき まゆはき 晩春 ⇩薊（34頁）

真薊 まあざみ 晩春 ⇩薊（同右）

野薊 のあざみ 晩春 ⇩薊（同右）

さがらめ 三春 ⇩搗布（35頁）

角叉 つのまた 三春

暗紫色、暗緑色、黄褐色の海藻。漆喰の糊料に使う。

6音 **角叉干す**

海松房 みるぶさ 三春 ⇩海松（14頁）

甘海苔 あまのり 初春 ⇩海苔（14頁）

岩海苔 いわのり いはのり 初春 ⇩海苔（同右）

海苔簀 のりひび 初春 ⇩海苔（同右）

海苔粗朶 のりそだ 初春 ⇩海苔（同右）

海苔干す のりほす 初春 ⇩海苔（同右）

於胡海苔／江籬 おごのり 三春 ⇩海髪（14頁）

うごのり 三春 ⇩海髪（同右）

5音の季語

5音　時候

春初（はるはじめ）　はるはじめ　初春　⇩初春（しょしゅん）（15頁）

二月来る　にがつくる　にぐわつくる　初春　⇩二月（15頁）

二月早や　にがつはや　にぐわつはや　初春　⇩二月（同右）

年端月　としはづき　初春　⇩睦月（むつき）（15頁）

太郎月　たろうづき　初春　⇩睦月（同右）

子日月　ねのひづき　初春　⇩睦月（同右）

祝月　いわいづき　いわひづき　初春　⇩睦月（同右）

寒終る　かんおわる　かんをはる　初春　⇩寒明（かんあけ）（37頁）

春来る　はるきたる　初春　⇩立春（りっしゅん）（37頁）

春になる　はるになる　初春　⇩立春（同右）

春早し　はるはやし　初春　⇩早春（そうしゅん）（38頁）

春淡し　はるあわし　はるあはし　初春　⇩早春（同右）

春浅し　はるあさし　初春

例　春浅し止まり木と呼ぶバーの椅子　戸板康二

4音 **浅春**（せんしゅん）

浅き春　あさきはる　初春　⇨春浅し

例　病床の匂袋（においぶくろ）や浅き春　正岡子規

冴返る　さえかえる　さえかへる　初春

冴（冬の澄んだ寒さ）が春季にまた戻ってくること。

例　冴えかへるもののひとつに夜の鼻　加藤楸邨

6音 **寒の戻り**（かんのもどり）

冴返る　いてかえる　いてかへる　初春　⇨冴返る

しみ返る　しみかえる　しみかへる　初春　⇨冴返る

寒返る　かんかえる　かんかへる　初春　⇨冴返る

寒戻り　かんもどり　初春　⇨冴返る

春寒し　はるさむし　初春　⇩春寒（38頁）

寒き春　さむきはる　初春　⇩春寒（同右）

春遅し　はるおそし　初春　⇩遅春（ちしゅん）（15頁）

遅き春　おそきはる　初春　⇩遅春（同右）

春遅々と　はるちちと　初春　⇩遅春（同右）

例　大阪の水辺の春の遅々として　高浜年尾

春動く　はるうごく　初春　⇩春（はる）めく（38頁）

春兆す　はるきざす　初春　⇩春めく（同右）

例　水晶の大塊に春きざすなり　小澤實

獺祭魚　だっさいぎょ　初春　⇩獺（かわうそ）魚（うお）を祭（まつ）る（181頁）

二月尽　にがつじん　にぐわつじん　初春

二月が終わること。

例　いま割れしばかりの岩ぞ二月尽　飯田龍太

6音　**二月終（にがつおわ）る**

二月果つ　にがつはつ　にぐわつはつ　初春　⇨二月尽

二月尽く　にがつつく　にぐわつつく　初春　⇨二月尽

二月逝く　にがつゆく　にぐわつゆく　初春　⇨二月尽

春なかば　はるなかば　仲春　⇩仲春（ちゅうしゅん）（38頁）

春さなか　はるさなか　仲春　⇩仲春（同右）

きぬさらぎ　仲春　⇩如月（きさらぎ）（38頁）

梅見月　うめみづき　仲春　⇩如月（同右）

例　ひとりとは白湯の寧けさ梅見月　太田うさぎ

雪消月　ゆきげづき　仲春　⇩如月（同右）

竜天に　りゅうてんに　仲春　⇩竜天（りゅうてん）に登（のぼ）る（174頁）

万燈日　まんとうび　仲春　⇩彼岸（ひがん）（16頁）

入り彼岸　いりひがん　仲春　⇩彼岸（同右）

さき彼岸　さきひがん　仲春　⇩彼岸（同右）

初手彼岸　そてひがん　仲春　⇩彼岸（同右）

彼岸前　ひがんまえ　仲春　⇩彼岸（同右）

彼岸過　ひがんすぎ　仲春　⇩彼岸（同右）

社日様　しゃにちさま　仲春　⇩春社（しゅんしゃ）（16頁）

四月来る　しがつくる　しぐわつくる　晩春　⇩四月（しがつ）（16頁）

花見月　はなみづき　晩春　⇩弥生（やよい）（16頁）

桜月　さくらづき　晩春　⇩弥生（同右）

花津月　はなつづき　晩春　⇩弥生（同右）

夢見月　ゆめみづき　晩春　⇩弥生（同右）

春日影　はるひかげ　三春　⇩春の日（39頁）

春日向　はるひなた　三春　⇩春の日（同右）

春の朝　はるのあさ　三春

4音 **春朝**（しゅんちょう）

春あした　はるあした　三春　⇨春の朝

春の昼　はるのひる　三春　⇩春昼（しゅんちゅう）（39頁）

例 一歩づつ観る絵巻物春の昼　村上鞆彦

例 釘打つてひとりぐらしの春の昼　岡本眸

春の夕　はるのゆう　はるのゆふ　三春

4音 **春夕**（しゅんせき）

6音 **春の夕べ**（はるのゆうべ）

春夕べ　はるゆうべ　はるゆふべ　三春　⇨春の夕

春薄暮　はるはくぼ　三春　⇨春の夕

春の暮　はるのくれ　三春

例 にはとりのすこし飛んだる春の暮　今井杏太郎

例 春の暮手紙焼く火のうらがへる　角谷昌子

例 鈴に入る玉こそよけれ春のくれ　三橋敏雄

春の宵　はるのよい　はるのよひ　三春

例 ふと春の宵なりけりと思ふ時　高浜虚子

4音 **春宵**（しゅんしょう）

宵の春　よいのはる　よひのはる　三春　⇨春の宵

夜半の春　よわのはる　よはのはる　三春　⇩春の夜（はるのよ）（40頁）

あたたかし　三春　⇩暖か（40頁）

例 不健全図書を世に出しあたたかし　松本てふこ

例 褒美の字放屁に隣るあたたかし　中原道夫

あたたけし　三春　⇩暖か（同右）

うららけし　三春　⇩麗か（うららか）（40頁）

例 九官鳥同士は無口うららけし　望月周

暮遅し　くれおそし　三春　⇩遅日（ちじつ）（17頁）

暮れかぬる　くれかぬる　三春　⇩遅日（同右）

夕長し　ゆうながし　ゆふながし　三春　⇩遅日（同右）

花の冷　はなのひえ　晩春　⇩花冷（はなびえ）（41頁）

木の芽時　このめどき　三春

芽立時　めだちどき　三春　⇨木の芽時

芽立前　めだちまえ　三春　⇨木の芽時

木の芽風　このめかぜ　三春　⇨木の芽時

例　木の芽風燈台白をはためかす　桂信子

木の芽晴　このめばれ　三春　⇨木の芽時

桜時　さくらどき　三春　⇩花時（はなどき）（41頁）

花の頃　はなのころ　三春　⇩花時（同右）

目借り時　めかりどき　晩春　⇩蛙（かわず）の目（め）借（か）り時（どき）（179頁）

春深し　はるふかし　晩春

例　春ふかし鰥（やもめ）といふはさかなへん　八田木枯

例　春深し砂の重さの虚貝（うつせがい）　相子智恵

4音　**春闌（はるた）く　春更（はるふ）く**

6音　**春闌（はるたけなわ）**

春深む　はるふかむ　晩春　⇨春深し

春暑し　はるあつし　晩春

6音　**春（はる）の暑（あつ）さ**

暑き春　あつきはる　晩春　⇨春暑し

春の汗　はるのあせ　晩春　⇨春暑し

暮の春　くれのはる　晩春

春の終わり頃。晩春のこと。

3音　**暮春（ぼしゅん）**

末の春　すえのはる　晩春　⇨暮の春

春の果　はるのはて　晩春　⇩行（ゆ）く春（はる）（41頁）

春行けり　はるゆけり　晩春　⇩行く春（同右）

春惜しむ　はるおしむ　はるをしむ　晩春

例　春惜しむベンチがあれば腰おろし　高浜虚子

4音　**惜春（せきしゅん）**

6音　**春（はる）を惜（お）しむ**

夏近し　なつちかし　晩春
6音 **夏近づく**（なつちかづく）
夏隣　なつどなり　晩春　⇨夏近し
夏隣る　なつどなる　晩春　⇨夏近し
弥生尽　やよいじん　やよひじん　晩春
弥生（旧暦三月）が終わること。
四月尽　しがつじん　しぐわつじん　晩春
四月が終わること。
6音 **四月終る**（しがつおわる）
四月尽く　しがつつく　しぐわつつく　晩春　⇨四月尽
四月果つ　しがつはつ　しぐわつはつ　晩春　⇨四月尽

5音　天文

春日和　はるびより　三春
6音 **春の日和**（はるのひより）
春景色　はるげしき　三春　⇩春光（しゅんこう）（41頁）

春の色　はるのいろ　三春　⇩春光（同右）
春の空　はるのそら　三春
例 春の空言葉は歌になりたがり　南十二国
4音 **春空**（はるぞら）　**春天**（しゅんてん）
春の雲　はるのくも　三春
4音 **春雲**（はるぐも）
春の月　はるのつき　三春
例 外（と）にも出よ触るるばかりに春の月　中村汀女
例 春の月疲れたる黄をかかげけり　木下夕爾
例 春の月大輪にして一重なる　長谷川櫂
例 点滴の我名逆さま春の月　長岡悦子
4音 **春月**（しゅんげつ）
6音 **春満月**（はるまんげつ）
春月夜　はるづきよ　三春　⇨春の月
朧月　おぼろづき　三春
例 くもりたる古鏡の如し朧月　高浜虚子

例 たのしさよ闇のあげくの朧月　去来

例 襟あしの黒子（ほくろ）あやふし朧月　竹久夢二

4音 **淡月**（たんげつ）

6音 **朧月夜**（おぼろづきよ）

月朧　つきおぼろ　三春　⇨朧月

草朧　くさおぼろ　三春　⇩朧（おぼろ）（17頁）

鐘朧　かねおぼろ　三春　⇩朧（同右）

朧めく　おぼろめく　三春　⇩朧（同右）

春の星　はるのほし　三春

4音 **春星**（しゅんせい）

星朧　ほしおぼろ　三春　⇨春の星

春の闇　はるのやみ　三春

月の出ていない春の暗さや屋内の闇をいう。

例 灯をともす掌（てのひら）にある春の闇　高浜虚子

春の風　はるのかぜ　三春　⇩春風（はるかぜ）（42頁）

雲雀東風　ひばりごち　三春　⇩東風（こち）（8頁）

鰆東風　さわらごち　三春　⇩東風（同右）

桜東風　さくらごち　三春　⇩東風（同右）

いなだ東風　いなだごち　三春　⇩東風（同右）

涅槃西風　ねはんにし　仲春

釈迦入滅の旧暦二月一五日頃に吹く西風。春の始まりを告げる風。時期的に春彼岸にあたるため彼岸西風とも呼ばれる。

例 菜箸を焦がしてゐたり涅槃西風　秦夕美

例 捨て犬の乳房ふくらむ涅槃西風　柿本多映

涅槃吹　ねはんぶき　仲春　⇨涅槃西風

彼岸西風　ひがんにし　仲春　⇨涅槃西風

春一番　はるいちばん　初春　⇩春一番（はるいちばん）（137頁）

風光る　かぜひかる　三春

晴れた春の日に風が輝いて見えること。

例 土に書くホームベースや風光る　伴場とく子

例 風光りすなはちもののみな光る　鷹羽狩行

6音 **風（かぜ）やはらか**

春疾風　はるはやて　三春

春に吹く強い風。

4音 **春荒（はるあれ）**

6音 **春突風（はるとっぷう）**　**春烈風（はるれっぷう）**

春嵐　はるあらし　三春　⇨春疾風

春はやち　はるはやち　三春　⇨春疾風

例 春はやち野は石まじり墓まじり　三橋敏雄

春北風　はるならい　三春　⇩春北風（はるきた）（43頁）

桜まじ　さくらまじ　晩春

桜の咲く頃に吹く南風。

例 ゆふぐれは紙の音する櫻まじ　八田木枯

油まじ　あぶらまじ　晩春

晩春に吹く、湿気の多い南風。

油まぜ　あぶらまぜ　晩春　⇨油まじ

油風　あぶらかぜ　晩春　⇨油まじ

5音

春の塵　はるのちり　三春　⇩春塵（しゅんじん）（43頁）

春埃　はるぼこり　三春　⇩春塵（同右）

砂嵐　すなあらし　三春　⇩春塵（同右）

蒙古風　もうこかぜ　三春　⇩霾（つちふる）（43頁）

霾晦　よなぐもり　三春　⇩霾（同右）

つちぐもり　三春　⇩霾（同右）

よなぼこり　三春　⇩霾（同右）

春の雨　はるのあめ　三春　⇩春雨（はるさめ）（43頁）

例 襖戸の内でものいふ春の雨　野坡

春驟雨　はるしゅうう　晩春

6音 **春夕立（はるゆうだち）**

春時雨　はるしぐれ　三春

6音 **春（はる）の時雨（しぐれ）**

春霖雨　しゅんりんう　三春　⇩春霖（しゅんりん）（43頁）

菜種梅雨　なたねづゆ　晩春

菜の花が咲く頃に降る雨。

例　地下街は光もらさず菜種梅雨　小川軽舟

花の雨　はなのあめ　晩春

桜が咲く頃に降る雨。

7音　**花時の雨**（はなどきのあめ）

春の雪　はるのゆき　三春

例　目の前に大きく降るよ春の雪　星野立子

4音　**春雪**（しゅんせつ）

春吹雪　はるふぶき　三春　⇨春の雪

牡丹雪　ぼたんゆき　三春　⇩淡雪（あわゆき）（44頁）

たびら雪　たびらゆき　三春　⇩淡雪（同右）

斑雪　はだらゆき　三春　⇩斑雪（はだれ）（18頁）

斑雪山　はだれやま　三春　⇩斑雪（同右）

まだら雪　まだらゆき　三春　⇩斑雪（同右）

斑雪凍つ　はだれいつ　三春　⇩斑雪（同右）

雪の果　ゆきのはて　仲春

その年最後の雪。新暦三月中旬とされたので「涅槃雪」ともいう。

4音　**終雪**（しゅうせつ）

6音　**名残の雪**（なごりのゆき）　**雪の名残**（ゆきのなごり）　**雪の終り**（ゆきのおわり）　**雪の別れ**（ゆきのわかれ）

忘れ雪　わすれゆき　仲春　⇨雪の果

涅槃雪　ねはんゆき　仲春　⇨雪の果

雪涅槃　ゆきねはん　仲春　⇨雪の果

春霙　はるみぞれ　三春　⇩春の霙（はるのみぞれ）（137頁）

春霰　はるあられ　三春　⇩春の霙（同右）

春の雹　はるのひょう　三春

春の霜　はるのしも　三春

4音　**春霜**（しゅんそう）

忘れ霜　わすれじも　晩春

四月の暖かい時期に、急に気温が下がって降る霜。

4音　**晩霜**（ばんそう）　**終霜**（しゅうそう）　**霜害**（そうがい）

6音　**名残の霜**（なごりのしも）　**霜の別れ**（しものわかれ）

別れ霜　わかれじも　晩春　⇨忘れ霜

霜の果　しものはて　晩春　⇨忘れ霜

春の露　はるのつゆ　晩春

春にできる露。「露」は秋の季語。

春の虹　はるのにじ　晩春

春にできる虹。「虹」は夏の季語。

4音　**初虹**（はつにじ）

春の雷　はるのらい　三春　⇩春雷（しゅんらい）（44頁）

春霞　はるがすみ　三春　⇩霞（かすみ）（18頁）

薄霞　うすがすみ　三春　⇩霞（同右）

遠霞　とおがすみ　とほがすみ　三春　⇩霞（同右）

八重霞　やえがすみ　やへがすみ　三春　⇩霞（同右）

横霞　よこがすみ　三春　⇩霞（同右）

叢霞　むらがすみ　三春　⇩霞（同右）

朝霞　あさがすみ　三春　⇩霞（同右）

昼霞　ひるがすみ　三春　⇩霞（同右）

夕霞　ゆうがすみ　ゆふがすみ　三春　⇩霞（同右）

霞敷く　かすみしく　三春　⇩霞（同右）

霞立つ　かすみたつ　三春　⇩霞（同右）

草霞む　くさかすむ　三春　⇩霞（同右）

花曇　はなぐもり　晩春

桜が咲く頃の曇り空。

養花天　ようかてん　やうくわてん　晩春　⇨花曇

鳥曇　とりぐもり　仲春

渡鳥が春になって北へ帰る頃の曇り空。

4音　**鳥風**（とりかぜ）

鰊空　にしんぞら　晩春　⇩鰊曇（にしんぐもり）（138頁）

蜃気楼　しんきろう　晩春

例　蜃気楼此岸に眉を剃りをれば　柿本多映

3音　**海市**（かいし）　**山市**（さんし）　**蜃市**（しんし）

4音　**蜃楼**（しんろう）

喜見城　きけんじょう　晩春　⇨蜃気楼

かひやぐら　かいやぐら　晩春　⇨蜃気楼

きつねだな　晩春　⇨蜃気楼

春夕焼　はるゆやけ　三春　⇩春夕焼（はるゆうやけ）（138頁）

春茜　はるあかね　三春　⇩春夕焼（同右）

5音　地理

春の山　はるのやま　三春

例　春の山たたいてここに坐れよと　石田郷子

例　骰子（さいころ）の一の目赤し春の山　波多野爽波

4音　**春山**（はるやま）

弥生山　やよいやま　やよひやま　三春　⇨春の山

山笑ふ　やまわらう　やまわらふ　三春

春の山の譬え。夏の山は「山滴る」、秋の山は「山粧ふ」、冬の山は「山眠る」。

例　故郷やどちらを見ても山笑ふ　正岡子規

焼野原　やけのはら　初春　⇩焼野（やけの）（18頁）

春の水　はるのみず　はるのみづ　三春

春の河川湖沼の水。温かいだけでなく水量が豊か。

例　一つ根に離れ浮く葉や春の水　高浜虚子

4音　**春水**（しゅんすい）

水の春　みずのはる　みづのはる　三春　⇨春の水

水温む　みずぬるむ　みづぬるむ　仲春

冬の間冷たかった水が温かくなること。

春の川　はるのかわ　はるのかは　三春

4音　**春川**（はるかわ）　**春江**（しゅんこう）　**春の江**（はるのえ）　**春の瀬**（はるのせ）

春の海　はるのうみ　三春

6音　**春の渚**（はるのなぎさ）

春の湖　はるのうみ　三春　⇨春の海

春の浜　はるのはま　三春　⇨春の海

春の磯　はるのいそ　三春　⇨春の海

春の波／春の浪　はるのなみ　三春

例　泡消ゆる音しみじみと春の波　岸本尚毅

4音　**春濤**（しゅんとう）

5音

7音 ▷ **春の川波**（はるのかわなみ）

春の潮　はるのしお　はるのしほ　三春　⇩春潮（しゅんちょう）（45頁）

彼岸潮　ひがんしお　ひがんしほ　仲春

彼岸の頃の大潮。

潮干潟／汐干潟　しおひがた　しほひがた

例　入りかねて日もただよふや潮干潟　麦水

3音 ▷ **干潟**（ひがた）　**汐干**（しおひ）

干潟波　ひがたなみ　晩春　⇨潮干潟

大干潟　おおひがた　おほひがた　晩春　⇨潮干潟

干潟暮る　ひがたくる　晩春　⇨潮干潟

干潟人　ひがたびと　晩春　⇨潮干潟

苗代田　なわしろだ　なはしろだ　晩春　⇩苗代（なわしろ）（45頁）

春の園　はるのその　三春

4音 ▷ **春園**（しゅんえん）　**春苑**（しゅんえん）

春の庭　はるのにわ　はるのには　三春　⇨春の園

春の土　はるのつち　三春

例　園丁の指に従ふ春の土　高浜虚子

6音 ▷ **土現る**（つちあらわる）

土恋し　つちこいし　つちこひし　三春　⇨春の土

土匂ふ　つちにおう　つちにほふ　三春　⇨春の土

土の春　つちのはる　三春　⇨春の土

春の泥　はるのどろ　三春　⇩春泥（しゅんでい）（46頁）

例　午前より午後をかがやく春の泥　宇多喜代子

例　泡を生む一歩一歩や春の泥　榎本享

去年の雪　こぞのゆき　仲春　⇩残雪（ざんせつ）（46頁）

残る雪　のこるゆき　仲春　⇩残雪（同右）

例　田一枚一枚づつに残る雪　高浜虚子

雪残る　ゆきのこる　仲春　⇩残雪（同右）

雪のひま　仲春　⇩雪間（ゆきま）（19頁）

底雪崩　そこなだれ　仲春　⇩雪崩（なだれ）（19頁）

風雪崩　かぜなだれ　仲春　⇩雪崩（同右）

雪なだれ　ゆきなだれ　仲春　⇩雪崩（同右）

雪崩れ　ゆきくずれ　ゆきくづれ　仲春　⇩雪崩（同右）

なだれ雪　なだれゆき　仲春　⇩雪崩（同右）

雪解道　ゆきげみち　仲春　⇩雪解（ゆきげ）（19頁）

雪解水　ゆきげみず　ゆきげみづ　仲春　⇩雪解（同右）

例　光堂（ひかりどう）より一筋の雪解水　有馬朗人

雪解川　ゆきげがわ　ゆきげがは　仲春　⇩雪解（同右）

例　雪解川名山けづる響きかな　前田普羅

例　心臓はひかりを知らず雪解川　山口優夢

雪解風　ゆきげかぜ　仲春　⇩雪解（同右）

例　木と別れ水をはなれて雪解風　田中裕明

雪滴　ゆきしずく　ゆきしづく　仲春　⇩雪解（同右）

雪ねぶり　ゆきねぶり　仲春　⇩雪解（同右）

雪濁り　ゆきにごり　仲春　⇩雪しろ（46頁）

春出水　はるでみず　はるでみづ　仲春

雪解けによる洪水。

7音　**春の洪水**（はるのこうずい）

凍ゆるむ　いてゆるむ　仲春　⇩凍解（いてどけ）（46頁）

薄氷　うすごおり　うすごほり　初春　⇩薄氷（うすらい）（47頁）

氷解く　こおりとく　こほりとく　仲春

4音　**解氷**（かいひょう）

氷消ゆ　こおりきゆ　こほりきゆ　仲春　⇨氷解く

解氷期　かいひょうき　仲春　⇨氷解く

解氷湖　かいひょうこ　仲春　⇨氷解く

流氷期　りゅうひょうき　りうひょうき　仲春　⇩流氷（りゅうひょう）（47頁）

浮氷　うきごおり　うきごほり　仲春

解けきらずに水辺に浮くように残っている氷。

例　しづかさをかこめる空や浮き氷　八田木枯

例　流されて花びらほどの浮氷　片山由美子

5音　生活

春衣　はるごろも　仲春

3音　**春衣**（しゅんい）

5音

花衣　はなごろも　晩春

花見のときの女性の晴着。なお「桜衣（さくらごろも）」は襲（かさね）の色目（表が白、裏が紫）で別の季語。

例　花衣ぬぐやまつはる紐いろいろ　杉田久女

6音　**花見衣（はなみごろも）**　**花見小袖（はなみこそで）**　**花の袂（はなのたもと）**　**花見衣裳（はなみいしょう）**

花の袖　はなのそで　晩春　⇨花衣

春袷　はるあわせ　はるあはせ　三春

春に着る袷（あわせ）（裏地のついた着物）。袷は夏の季語。

春の服　はるのふく　三春　⇩春服（しゅんぷく）（47頁）

コート脱ぐ　仲春　⇩外套脱ぐ（がいとうぬぐ）（139頁）

春コート　三春　⇩春外套（はるがいとう）（139頁）

春ショール　三春

6音　**春（はる）マフラー**

春手套　はるしゅとう　三春　⇩春手袋（はるてぶくろ）（139頁）

春帽子　はるぼうし　三春

春日傘　はるひがさ　晩春

例　四五人のちがふ方見て春日傘　辻桃子

6音　**春の日傘（はるのひがさ）**　**春（はる）パラソル**

山葵漬　わさびづけ　仲春

木の芽漬　きのめづけ　仲春

山椒（さんしょう）の実と昆布を醤油で煮たもの。

4音　**萌え漬（もえづけ）**

木の芽煮　きのめだき　仲春　⇨木の芽漬

花菜漬　はななづけ　仲春

菜の花と葉を塩漬けにしたもの。

6音　**菜の花漬（なのはなづけ）**

花菜摘　はななつみ　仲春　⇨花菜漬

桜漬　さくらづけ　晩春

桜の花弁の塩漬け。熱湯に加えたものが桜湯（さくらゆ）。

4音　**花漬（はなづけ）**　**桜湯（さくらゆ）**

塩桜　しおざくら　しほざくら　晩春　⇨桜漬

木の芽味噌　きのめみそ　三春

山椒の実と味噌を合わせ味醂などで味つけしたもの。

6音 **山椒味噌**

木の芽和　きのめあえ　きのめあへ　三春

例 アパートがつひの棲家か木の芽和　鈴木真砂女

例 木の芽和少しの酒をうまさうに　西村麒麟

6音 **山椒和**

若布和　わかめあえ　わかめあへ　三春

鮒膾　ふななます　三春

産卵期の鮒を刺身にして酢味噌で和えたもの。

6音 **叩き膾**　**子守膾**　**子持膾**

7音 **鮒の子まぶし**　**山吹膾**

田螺和　たにしあえ　たにしあへ　三春

田螺を茹でて味噌で和えたもの。

4音 **つぶ和**

蜆汁　しじみじる　三春

例 かちやかちやとかなしかりけり蜆汁　山口青邨

例 蜆汁とわかる音きく寝床かな　小沢昭一

蒸鰈　むしがれい　むしがれひ　三春

やなぎむし　やなぎむし　三春　⇨蒸鰈

干鰈　ほしがれい　ほしがれひ　仲春

白子干　しらすぼし　三春

例 店ぢゆうが他人の空似白子干　佐山哲郎

例 新婚の頃の器や白子干　岸本尚毅

3音 **白子**

4音 **ちりめん**

6音 **ちりめんじゃこ**

鱈田夫　たらでんぶ　三春　⇩干鱈（20頁）

焼栄螺　やきさざえ　三春　⇩壺焼（48頁）

蕨餅　わらびもち　仲春

例 わらびの絵昔のままに蕨餅　岸本尚毅

草の餅　くさのもち　仲春　⇩草餅（48頁）

例 東京の少し田舎の草の餅　岸本尚毅

蓬餅　よもぎもち　仲春　⇩草餅（同右）

母子餅　ほうこもち　はうこもち　仲春　⇩草餅（同右）

桜餅　さくらもち　晩春

例　からつぽのにほへる桜餅の箱　長谷川櫂

雛あられ　ひなあられ　仲春

4音　**豆炒**（まめいり）　**雛菓子**（ひながし）

蓬飯　よもぎめし　仲春　⇩蓬（33頁）

五加飯　うこぎめし　仲春　⇩五加（うこぎ）

菜飯茶屋　なめしぢやや　三春　⇩菜飯（なめし）（20頁）

嫁菜飯　よめなめし　仲春　⇩嫁菜（よめな）（33頁）

白魚鍋　しらおなべ　しらをなべ　初春　⇩白魚（しらうお）（63頁）

春燈／春灯　はるともし　三春　⇩春燈（しゅんとう）（48頁）

春の燭　はるのしょく　三春　⇩春燈（同右）

春障子　はるしょうじ　はるしやうじ　三春

6音　**春の障子**（はるのしょうじ）

春炬燵　はるごたつ　三春

例　書を置いて開かずにあり春炬燵　高浜虚子

例　あの世にもこの花柄の春炬燵　小林苑を

6音　**春の炬燵**（はるのこたつ）

春暖炉　はるだんろ　三春

6音　**春の暖炉**（はるのだんろ）

春火鉢　はるひばち　三春

春火桶　はるひおけ　三春　⇨春火鉢

炉の名残　ろのなごり　晩春　⇩炉塞（ろふさぎ）（48頁）

目貼剝ぐ　めばりはぐ　仲春

防寒のために窓の縁に貼った紙などを取り去ること。

橇蔵ふ　そりしまう　そりしまふ　晩春

堤焼く　つつみやく　初春　⇩野焼（のやき）（20頁）

麦を踏む　むぎをふむ　初春　⇩麦踏（むぎふみ）（49頁）

農具市　のうぐいち　仲春

春田打　はるたうち　晩春　⇩田打（たうち）（20頁）

田を返す　たをかえす　たをかへす　晩春　⇩田打（同右）

田掻牛　たがきうし　晩春　⇩田打（同右）

田掻馬　たがきうま　晩春　⇩田打（同右）

畑返す　はたかえす　はたかへす　三春　⇩畑打（はたうち）（50頁）

花の種　はなのたね　仲春　⇩花種（50頁）

例　雑に蒔く事の楽しき花の種　西村麒麟

例　深夜よりかがやくものは花の種　八田木枯

種袋　たねぶくろ　仲春　⇩種物（たねもの）（50頁）

例　うつすらと空気をふくみ種袋　津川絵理子

種物屋　たねものや　仲春　⇩種物（同右）

種選　たねえらび　仲春

稲作で苗代に蒔くのに適した種を選ぶこと。

4音　**種選**（たねより）

種浸し　たねひたし　晩春

4音　**種浸け**（たねつ）

種案山子　たねかがし　晩春

苗代の種籾を鳥から守るための案山子。案山子は秋の季語。

例　種案山子没り（い）日の赤さ極まれり　成田千空

苗木市　なえぎいち　なへぎいち　仲春

例　金策の目で苗木市通り抜け　波多野爽波

苗木売　なえぎうり　なへぎうり　仲春　⇨苗木市

植木市　うえきいち　うゑきいち　仲春

苗木植う　なえきうう　なへきうう　晩春

4音　**植林**（しょくりん）　**杉苗**（すぎなえ）

剪定期　せんていき　仲春　⇩剪定（せんてい）（51頁）

接木苗　つぎきなえ　つぎきなへ　仲春　⇩接木（つぎき）（21頁）

菊根分　きくねわけ　仲春

例　ふいに判ず日差のありか菊根分　田中裕明

菊分つ　きくわかつ　仲春　⇨菊根分

牛蒡蒔く　ごぼうまく　ごばうまく　晩春

糸瓜蒔く　へちままく　晩春

南瓜蒔く　かぼちゃまく　仲春

6音 南瓜蒔く(とうなすまく)　ぼうぶら蒔く

南瓜植う　かぼちゃうう　仲春　⇨南瓜蒔く

木の実植う　きのみうう　仲春

野老掘る　ところほる　三春

野老はヤマイモ科蔓性多年草。春に細い蔓を伸ばして他の樹木にからまって成長する。根茎を食べる。

慈姑掘る　くわいほる　くわゐほる　三春

オモダカ科の水生多年草。地下茎を食べる。

牧開　まきびらき　仲春

牛馬を牧野に放つこと。

剪毛期　せんもうき　晩春　⇩羊の毛刈る(ひつじのけかる)（162頁）

鳴鳥狩　ないとがり　仲春

春の鷹狩(たかがり)。鷹狩は冬の季語。

桑解く　くわほどく　くはほどく　仲春　⇩桑解く(くわとく)（51頁）

桑摘女　くわつみめ　くはつみめ　晩春　⇩桑摘(くわつみ)（52頁）

蚕棚　かいこだな　かひこだな　晩春　⇩蚕飼(こがい)（21頁）

蚕卵紙　さんらんし　晩春　⇩蚕卵紙(たねがみ)（52頁）

一番茶　いちばんちゃ　晩春　⇩茶摘(ちゃつみ)（22頁）

三番茶　さんばんちゃ　晩春　⇩茶摘（同右）

茶摘籠　ちゃつみかご　晩春　⇩茶摘（同右）

茶摘唄　ちゃつみうた　晩春　⇩茶摘（同右）

茶摘時　ちゃつみどき　晩春　⇩茶摘（同右）

茶の葉選り　ちゃのはえり　晩春　⇩製茶(せいちゃ)（22頁）

上り簗　のぼりやな　三春

簗（川の瀬で魚を獲る仕掛け）のうち、春に川を遡る魚を狙ったもの。

春の簗　はるのやな　三春　⇨上り簗

磯焚火　いそたきび　晩春

海女が暖をとる焚火。焚火を囲ったものが磯竈。

磯竈　いそかまど　晩春　⇨磯焚火

磯開　いそびらき　晩春

海岸の禁漁期間が終わること。

4音 **初磯**（はついそ）

7音 **磯の口開け**（いそのくちあけ） **浜の口開け**（はまのくちあけ）

磯菜摘 いそなつみ 晩春

岩に付着したアオサを摘むこと。

団扇張る うちわはる うちははる 三春 ⇩団扇作る（うちわつくる）（141頁）

扇張る おうぎはる あふぎはる 三春 ⇩団扇作る（同右）

扇干す おうぎほす あふぎほす 三春 ⇩団扇作る（同右）

磯遊び いそあそび 晩春

例 掌（て）に揃ふ石の五色や磯遊び 加倉井秋を

磯祭 いそまつり 晩春 ⇨磯遊び

潮干狩／汐干狩 しおひがり しほひがり 晩春

例 突つ立つてゐるおとうさんの潮干狩 三橋敏雄

例 汐干狩京成電車よい電車 小沢信男

潮干籠 しおひかご しほひかご 晩春 ⇨汐干狩

青き踏む あおきふむ 晩春 ⇩踏青（とうせい）（52頁）

例 野に高き低きありけり青き踏む 五十嵐義知

山遊び やまあそび 晩春 ⇩野遊び（53頁）

春遊び はるあそび 晩春 ⇩野遊び（同右）

ピクニック 晩春 ⇩野遊び（同右）

蕨狩 わらびがり 仲春

蕨採り わらびとり 仲春 ⇨蕨狩

蕨摘 わらびつみ 仲春 ⇨蕨狩

梅見茶屋 うめみぢゃや 初春 ⇩梅見（22頁）

花見客 はなみきゃく 晩春 ⇩花見（22頁）

花の客 はなのきゃく 晩春 ⇩花見（同右）

花見衆 はなみしゅう 晩春 ⇩花見（同右）

花の宴 はなのえん 晩春 ⇩花見（同右）

花の酒 はなのさけ 晩春 ⇩花見（同右）

花見酒 はなみざけ 晩春 ⇩花見（同右）

花の酔 はなのよい はなのよひ 晩春 ⇩花見（同右）

花見船 はなみぶね 晩春 ⇩花見（同右）

桜狩 さくらがり 晩春

4音 **桜見**（さくらみ）　**観桜**（かんおう）

花巡り　はなめぐり　晩春　⇨桜狩

桜人　さくらびと　晩春　⇨桜狩

花筵　はなむしろ　晩春

花見の宴に使う筵。

6音 **花見の席**（はなみのせき）　**花毛氈**（はなもうせん）

花篝　はなかがり　晩春

桜の開花期に、興趣のため花の下に置く篝火や雪洞（小型の行灯（あんどん））。

6音 **花雪洞**（はなぼんぼり）

桜守　さくらもり　晩春　⇩花守（はなもり）（53頁）

花の主　はなのぬし　晩春　⇩花守（同右）

花疲れ　はなづかれ　晩春

花見で心身が疲れること。

例　坐りたるまゝ帯とくや花疲れ　鈴木真砂女

春スキー　初春

猟名残　りょうなごり　れふなごり　晩春　⇩猟期終る（りょうきおわ）（142頁）

凧／紙鳶　いかのぼり　三春　⇩凧（たこ）（9頁）

例　凧（いかのぼり）きのふの空のありどころ　蕪村

奴凧　やつこだこ　三春　⇩凧（同右）

凧の糸　たこのいと　三春　⇩凧（同右）

凧日和　たこびより　三春　⇩凧（同右）

風車　かざぐるま　三春

石鹸玉　しゃぼんだま　三春

例　しやぼん玉窓なき厦（いえ）の壁のぼる　橋本多佳子

例　空よりも広いものなし石鹸玉　三橋敏雄

例　しゃぼん玉吹きくたびれてなみだぐむ　小沢信男

水圏戯　すいけんぎ　三春　⇨石鹸玉

半仙戯　はんせんぎ　三春　⇩ぶらんこ（54頁）

雲雀笛　ひばりぶえ　三春

雲雀を誘うために吹く竹製の笛。雲雀の鳴き声のような音が出る。

春の風邪　はるのかぜ　三春

例　病にも色あらば黄や春の風邪　高浜虚子

花粉症　かふんしょう　くわふんしやう　三春

7音　**杉花粉症**（すぎかふんしょう）

春眠し　はるねむし　三春　⇩春眠（しゅんみん）（54頁）

春の夢　はるのゆめ　三春

例　春の夢何万トンの空だろう　小野裕三

春の興　はるのきょう　三春　⇩春興（しゅんきょう）（54頁）

春愉し　はるたのし　三春　⇩春興（同右）

春心　はるごころ　三春　⇩春意（しゅんい）（23頁）

例　寝て起きておろかや是も春ごころ　乙二

春の情　はるのじょう　三春　⇩春意（同右）

春愁ひ　はるうれい　はるうれひ　三春　⇩春愁（しゅんしゅう）（54頁）

春愁ふ　はるうれう　はるうれふ　三春　⇩春愁（同右）

春かなし　はるかなし　三春　⇩春愁（同右）

受験生　じゅけんせい　仲春　⇩入学試験（163頁）

例　一人づつきて千人の受験生　今瀬剛

卒業期　そつぎょうき　そつげふき　仲春　⇩卒業（55頁）

卒業歌　そつぎょうか　そつげふか　仲春　⇩卒業（同右）

春休　はるやすみ　仲春

6音　**年度替り**（ねんどがわり）

入学児　にゅうがくじ　にふがくじ　仲春　⇩入学（55頁）

新教師　しんきょうし　しんけうし　仲春　⇩入学（同右）

新社員　しんしゃいん　しんしやゐん　晩春

6音　**入社試験**（にゅうしゃしけん）

7音　**新入社員**（しんにゅうしゃいん）

就職期　しゅうしょくき　しうしよくき　晩春　⇨新社員

入社式　にゅうしゃしき　にふしやしき　晩春　⇨新社員

5音　行事

紀元節　きげんせつ　仲春　⇩建国記念日（175頁）

梅花節　ばいかせつ　仲春　⇩建国記念日（同右）

昭和の日　しょうわのひ　せうわのひ　晩春

昭和天皇の誕生日、四月二九日。戦前は天長節と呼ばれ、崩御に伴い「みどりの日」に変更。平成一四年に「みどりの日」は五月四日となり、四月二九日が「昭和の日」となった。

例　コピーして赤はグレーに昭和の日　山田露結

みどりの日　みどりのひ　晩春

五月四日。

事始　ことはじめ　仲春

旧暦二月八日。一年の祭事・農事の始まる日。

二日灸　ふつかきゅう　ふつかきう　仲春

旧暦二月二日。この日に灸をすえると効能が大きいとの俗信から。

針供養　はりくよう　はりくやう　初春

折れたり曲がったりしてしまった針の供養。二月八日（関西では十二月八日）。

桃の日　もものひ　晩春　⇩桃(もも)の節句(せっく)（143頁）

雛の店　ひなのみせ　仲春　⇩雛市(ひないち)（55頁）

雛売場　ひなうりば　仲春　⇩雛市（同右）

雛祭　ひなまつり　仲春

例　裏店(うらだな)やたんすの上の雛祭り　几董

2音　**雛(ひな)**

3音　**雛(ひひな)**

4音　**雛段(ひなだん)**　**雛菓子(ひながし)**　**紙雛(かみびな)**　**初雛(はつびな)**　**古雛(ふるびな)**　**雛(ひな)の間(ま)**　**雛(ひな)**の日(ひ)

6音　**雛(ひな)の遊(あそ)び**　**雛人形(ひなにんぎょう)**　**五人囃子(ごにんばやし)**

雛の日　ひひなのひ　仲春　⇨雛祭

吊るし雛　つるしびな　仲春　⇨雛祭

例　とこしへはなにやら眠し吊るし雛　太田うさぎ

内裏雛　だいりびな　仲春　⇨雛祭

官女雛　かんじょびな　仲春　⇨雛祭

雛の酒　ひなのさけ　仲春　⇨雛祭

雛の宴　ひなのえん　仲春　⇨雛祭

雛の家　ひなのいえ　ひなのいへ　仲春　⇨雛祭

例　一寸(ちよつと)ゐてもう夕方や雛の家　岸本尚樹

雛の客　ひなのきゃく　仲春　⇨雛祭

桃の酒　もものさけ　仲春　⇨雛祭

雛納め　ひなおさめ　ひなをさめ　仲春

例　雛納め雛より鼓とりあげて　杉山久子

雛流し　ひなながし　仲春

厄災を払うために雛を海や川に流す行事。

4音　**捨雛**(すてびな)

雛送り　ひなおくり　仲春　⇨雛流し

流し雛　ながしびな　仲春　⇨雛流し

牛角力　うしずもう　うしずまふ　晩春　⇩闘牛(とうぎゅう)（56頁）

牛合せ　うしあわせ　うしあはせ　晩春　⇩闘牛（同右）

鶏合せ　とりあわせ　とりあはせ　晩春

雄鶏を闘わせて勝敗を競う娯楽。

4音　**闘鶏**(とうけい)　**賭鶏**(かけどり)

鳴合せ　なきあわせ　なきあはせ　晩春　⇩鶯合せ(うぐいすあわせ)（163頁）

伊勢参　いせまいり　いせまゐり　三春

伊勢神宮への参詣。江戸中期から庶民に広まった。

4音　**伊勢講**(いせこう)

伊勢詣　いせもうで　いせまうで　三春　⇨伊勢参

義士祭　ぎしまつり　晩春　⇩義士祭(ぎしさい)（56頁）

種祭　たねまつり　晩春　⇩水口祭(みなくちまつり)（163頁）

渡り漁夫　わたりぎょふ　仲春

鰊の漁期に、網元に雇われて北海道に渡る漁師。

河豚供養　ふぐくよう　ふぐくやう　晩春

四月二九日、河豚の本場、下関で行われる追善供養。

6音　**河豚放生**(ふぐほうじょう)

四月馬鹿　しがつばか　しぐわつばか　晩春

8音　**エイプリルフール**

万愚節　ばんぐせつ　晩春　⇨四月馬鹿

大試験　だいしけん　仲春

7音 **学年試験**（がくねんしけん）　**進級試験**（しんきゅうしけん）　**卒業試験**（そつぎょうしけん）　**卒業証書**（そつぎょうしょうしょ）

植樹祭　しょくじゅさい　仲春　⇩みどりの月間（げっかん）（175頁）

五月祭　ごがつさい　ごぐわつさい　晩春　⇩メーデー（56頁）

浪花場所　なにわばしょ　なにはばしよ　仲春　⇩春場所（53頁）

春祭　はるまつり　三春

春に行われる祭の総称。

例 藁屑のこぼるる草履春祭　津川絵理子

知恵詣　ちえもうで　ちゑまうで　晩春　⇩十三詣（じゅうさんまいり）（164頁）

祈年祭　きねんさい　初春

その年の豊作を祈願する祭祀。

8音 **年祈ひの祭**（としごひのまつり）

帆手祭　ほてまつり　仲春

三月一日。鹽竈神社（宮城県塩釜市）の祭礼。

桜花祭　おうかさい　あうくわさい

四月一〇日。金刀比羅宮（ことひらぐう）（香川県琴平町）の神事。

榊伐　さかききり　晩春

四月一日頃。日吉神社（大津市）の神事。

湯立獅子　ゆだてじし　仲春

三月二七日。諏訪神社（神奈川県箱根町）の祭事。

聖霊会　しょうりょうえ　しやうりやうゑ

聖徳太子の忌日（旧暦二月二二日）の法要。現在は法隆寺（奈良）、四天王寺（大阪）などで三月から四月にかけて行われる。

涅槃像　ねはんぞう　仲春　⇩涅槃会（ねはんえ）（57頁）

例 もの咥（くは）へ庭よぎる犬涅槃像　波多野爽波

例 近海に鯛睦み居る涅槃像　永田耕衣

涅槃寺　ねはんでら　仲春　⇩涅槃会（同右）

お松明　おたいまつ　仲春　⇩修二会（しゅにえ）（23頁）

修二月会　しゅにがつえ　しゅにぐわつゑ　仲春　⇩修二会

（同右）

お水取り　おみずとり　おみづとり　仲春　⇩修二会（同右）

讃仏会　さんぶつえ　さんぶつゑ　仲春　⇩彼岸会（ひがんえ）（57頁）

彼岸寺　ひがんでら　仲春　⇩彼岸会（同右）

お中日　おちゅうにち　仲春　⇩彼岸会（同右）

彼岸餅　ひがんもち　仲春　⇩彼岸会（同右）

彼岸講　ひがんこう　ひがんかう　仲春　⇩彼岸会（ひがんえ）（同右）

彼岸舟　ひがんぶね　仲春　⇩彼岸会（同右）

彼岸道　ひがんみち　仲春　⇩彼岸会（同右）

彼岸婆　ひがんばば　仲春　⇩彼岸会（同右）

御影講　みえいこう　みえいかう　晩春　⇩御影供（みえいく）（57頁）

弘法忌　こうぼうき　こうぼふき　晩春　⇩御影供（同右）

空海忌　くうかいき　晩春　⇩御影供（同右）

出開帳　でかいちょう　でかいちやう　三春　⇩開帳（57頁）

居開帳　いかいちょう　ゐかいちやう　三春　⇩開帳（同右）

遍路宿　へんろやど　三春　⇩遍路（へんろ）（24頁）

遍路道　へんろみち　三春　⇩遍路（同右）

遍路笠　へんろがさ　三春　⇩遍路（同右）

遍路杖　へんろづえ　三春　⇩遍路（同右）

仏生会　ぶっしょうえ　ぶつしやうゑ　晩春

四月八日、釈迦生誕を祝う法会。各寺院で花御堂を設え、参詣者は誕生仏に甘茶を注ぐ。

4音　**竜華会**（りゅうげえ）

花祭　はなまつり　晩春　⇨仏生会

灌仏会　かんぶつえ　くわんぶつゑ　晩春　⇨仏生会

降誕会　ごうたんえ　がうたんゑ　晩春　⇨仏生会

浴仏会　よくぶつえ　よくぶつゑ　晩春　⇨仏生会

花御堂　はなみどう　はなみだう　晩春

仏生会の際に設える御堂。花を飾り、中央の浴仏盆（水盤）に甘茶を満たす。寺によっては、竿の先に様々な花を飾り、花の塔（竿躑躅、高花、天道花）を作る。

3音　**花亭**（かてい）

4音　**高花**（たかばな）

6音　**浴仏盆**（よくぶつぼん）　**天道花**（てんどうばな）

花の塔 はなのとう 晩春 ⇨花御堂

竿躑躅 さおつつじ さをつつじ 晩春 ⇨花御堂

五色水 ごしきすい 晩春 ⇩甘茶(あまちゃ)(23頁)

五香水 ごこうずい ごかうずい 晩春 ⇩甘茶(同右)

甘茶仏 あまちゃぶつ 晩春 ⇩甘茶(同右)

甘茶寺 あまちゃでら 晩春 ⇩甘茶(同右)

法然忌 ほうねんき ほふねんき 晩春 ⇩御忌(ぎょき)(9頁)

例 松風に鳶がひよろつく法然忌 八田木枯

円光忌 えんこうき ゑんくわうき 晩春 ⇩御忌(同右)

御忌詣 ぎょきもうで ぎよきまうで 晩春 ⇩御忌(同右)

壬生踊 みぶおどり みぶをどり 晩春 ⇩壬生念仏(みぶねんぶつ)(145頁)

受難節 じゅなんせつ 晩春

キリストの復活祭(三月下旬~四月のいずれかの日曜日)の前日までの約二週間。四旬節(約四〇日間)と同じくキリストの受難と死を思い慎み深く過ごす。

四旬節 しじゅんせつ 晩春 ⇨受難節

謝肉祭 しゃにくさい 仲春

四旬節の前に行われる祝祭。古代ゲルマンの豊穣祈願とキリスト復活祭までの一連の慣習が結びついた。

カーニバル 仲春 ⇨謝肉祭

カルナヴァル 仲春 ⇨謝肉祭

マルディグラ 仲春 ⇨謝肉祭

イースター 晩春 ⇩復活祭(ふっかつさい)(145頁)

良寛忌 りょうかんき りやうくわんき 初春

旧暦一月六日。禅僧・良寛(一七五八~一八三一年)の忌日。

義仲忌 よしなかき 初春

旧暦一月二〇日。平安後期の武将、源義仲(一一五四~一一八四年)の忌日。

例 しばらくは野火のうつり香義仲忌 飯田龍太

実朝忌 さねともき 初春

旧暦一月二七日。鎌倉三代将軍・源実朝(一一九二~

一二一九年）の忌日。

光悦忌　こうえつき　くわうえつき　仲春

旧暦二月三日。江戸時代初期の芸術家、本阿弥光悦（一五五八〜一六三七年）の忌日。

西行忌　さいぎょうき　さいぎやうき　仲春

旧暦二月一六日。平安末期から鎌倉初期の僧侶・西行（一一一八〜一一九〇年）の忌日。

例　西行忌あふはねむたきひとばかり　田中裕明

例　雲中をすすむ月蝕西行忌　津川絵理子

人麻呂忌　ひとまろき　晩春

旧暦三月一八日。万葉の歌人・柿本人麻呂（六六〇〜七二四年）の忌日。

人丸忌　ひとまるき　晩春　⇨人麻呂忌

宗因忌　そういんき　晩春

旧暦三月二十八日。江戸前期の連歌師・西山宗因（一六〇五〜一六八二年）の忌日。

西翁忌　さいおうき　晩春　⇨宗因忌

梅翁忌　ばいおうき　晩春　⇨宗因忌

菜の花忌　なのはなき　初春

二月一二日。小説家、司馬遼太郎（一九二三〜一九九六年）の忌日。

鳴雪忌　めいせつき　初春

二月二〇日。俳人・内藤鳴雪（一八四七〜一九二六年）の忌日。

老梅忌　ろうばいき　初春　⇨鳴雪忌

例　尼寺に小句会あり鳴雪忌　高浜虚子

風生忌　ふうせいき　初春

二月二二日。俳人、富安風生（一八八五〜一九七九年）の忌日。

4音　**艸魚忌**（そうぎょき）

逍遥忌　しょうようき　せうえうき　初春

二月二八日。劇作家・坪内逍遥（一八五九〜一九三五年）の忌日。

大石忌　おおいしき　おほいしき　仲春
旧暦二月四日。赤穂義士の頭領・大石良雄、通称大石内蔵助（一六五九～一七〇三年）の忌日。

井月忌　せいげつき　仲春
三月一〇日。俳人、井上井月（一八二二～一八八七年）の忌日。

犀星忌　さいせいき　仲春
三月二六日。作家・室生犀星（一八八九～一九六二年）の忌日。

赤彦忌　あかひこき　仲春
三月二七日。歌人・島木赤彦（一八七六～一九二六年）の忌日。

西東忌　さいとうき　晩春　⇩三鬼忌（60頁）

放哉忌　ほうさいき　はうさいき　晩春
四月七日。俳人・尾崎放哉（一八八五～一九二六年）の忌日。

啄木忌　たくぼくき　晩春
四月一三日。歌人・石川啄木（一八八六～一九一二年）の忌日。

康成忌　やすなりき　晩春
四月一六日。作家・川端康成（一八九九～一九七二年）の忌日。

百閒忌　ひゃっけんき　ひやくけんき　晩春
四月二〇日。作家・内田百閒（一八八九～一九七一年）の忌日。

寺山忌　てらやまき　晩春　⇨修司忌（60頁）

5音　動物

春の駒　はるのこま　晩春　⇩若駒（61頁）

春の馬　はるのうま　晩春　⇩若駒（同右）
例　待たされて美しくなる春の馬　佐藤文香

孕み馬　はらみうま　晩春　⇩馬の子（61頁）

春の鹿　はるのしか　晩春

孕み鹿　はらみじか　晩春

落し角　おとしづの　晩春

鹿の角が、根元がもろくなり折れること。

7音　**鹿の角落つ**（しかのつのおつ）

猫の恋　ねこのこい　ねこのこひ　初春

例　少しづつ場所移りゆく猫の恋　桂米朝

4音　**恋猫**（こいねこ）

猫交る　ねこさかる　初春　⇨猫の恋

例　夜の沖をただよふ声か猫交る　遠藤由樹子

春の猫　はるのねこ　初春　⇨猫の恋

例　尾は蛇の如く動きて春の猫　高浜虚子

孕み猫　はらみねこ　初春　⇨猫の恋

蜥蜴出づ　とかげいづ　仲春　⇩蜥蜴穴を出づ（とかげあなをいづ）（176頁）

蛙の子　かわずのこ　かはづのこ　晩春　⇩お玉杓子（たまじゃくし）（146頁）

蝌蚪の水　かとのみず　かとのみづ　晩春　⇩お玉杓子（同右）

例　天日のうつりて暗し蝌蚪の水　高浜虚子

蝌蚪の紐　かとのひも　晩春　⇩お玉杓子（同右）

例　あかときの夢の断片蝌蚪の紐　篠崎央子

例　この池の生々流転蝌蚪の紐　高浜虚子

土蛙　つちがえる　つちがへる　三春　⇩蛙（かわず）（24頁）

初蛙　はつかわず　はつかはづ　三春　⇩蛙（同右）

遠蛙　とおかわず　とほかはづ　三春　⇩蛙（同右）

例　餡を練るとめどなく鳴く遠蛙　秋元不死男

例　原稿紙ペンの遅速に遠蛙　吉屋信子

昼蛙　ひるかわず　ひるかはづ　三春　⇩蛙（同右）

夕蛙　ゆうかわず　ゆふかはづ　三春　⇩蛙（同右）

春の鳥　はるのとり　三春

例　春の鳥古木に寄れば色あらは　依光陽子

例　谷に日のあたる時間や春の鳥　佐藤文香

4音　**春禽**（しゅんきん）

貌よ鳥　かおよどり　かほよどり　三春　⇩貌鳥（61頁）

呼子鳥　よぶこどり　晩春

どの鳥を指すのか諸説あって不明。

例　思はざれば外海は無し呼子鳥　三橋敏雄

百千鳥　ももちどり　三春

春に鳴き交わすさまざまな鳥。

例　百千鳥と思ふ瞼を閉ぢしまま　川崎展宏

松毟鳥　まつむしり　三春　⇩菊戴（146頁）

雉の声　きじのこえ　きじのこゑ　⇩雉（9頁）

例　雉の声死後にも似たる朝景色　右城暮石

揚雲雀　あげひばり　三春　⇩雲雀（24頁）

例　揚雲雀空のまん中ここよここよ　正木ゆう子

落雲雀　おちひばり　三春　⇩雲雀（同右）

初雲雀　はつひばり　三春　⇩雲雀（同右）

例　洗ひ干す漬物石や初雲雀　玉田憲子

朝雲雀　あさひばり　三春　⇩雲雀（同右）

夕雲雀　ゆうひばり　ゆふひばり　三春　⇩雲雀（同右）

例　大安の予定からつぽ夕雲雀　飯田冬眞

告天子　こくてんし　三春　⇩雲雀（同右）

麦鶉　むぎうずら　むぎうづら　晩春

繁殖時期の鶉のこと。

河原鶸　かわらひわ　かはらひは　三春

アトリ科の小鳥。緑がかった褐色。

匂鳥　においどり　にほひどり　三春　⇩鶯（61頁）

例　すがたなく声を見せあふ匂ひ鳥　八田木枯

つばくらめ　晩春　⇩燕（24頁）

燕来る　つばめくる　晩春　⇩燕（同右）

例　来ることの嬉しき燕きたりけり　石田郷子

初燕　はつつばめ　晩春　⇩燕（同右）

朝燕　あさつばめ　晩春　⇩燕（同右）

夕燕　ゆうつばめ　ゆふつばめ　晩春　⇩燕（同右）

岩燕　いわつばめ　いはつばめ　晩春　⇩燕（同右）

鶴帰る　つるかえる　つるかへる　仲春　⇩引鶴（ひきづる）（62頁）

残る鶴　のこるつる　仲春　⇩引鶴（同右）

帰る鶴　かえるつる　かへるつる　仲春　⇩引鶴（同右）

雁帰る　かりかえる　かりかへる　仲春

秋に日本に渡ってきた雁が北方に帰っていくこと。

例　雁帰る声のかぎりにまつすぐに　馬場龍吉

3音　**帰雁**（きがん）

4音　**行く雁**（ゆくかり）　**雁行く**（かりゆく）

6音　**雁の別れ**（かりのわかれ）　**名残の雁**（なごりのかり）

7音　**かりがね帰る**（かえる）

帰る雁　かえるかり　かへるかり　仲春　⇨雁帰る

春の雁　はるのかり　晩春

例　春の雁飛べよと思ふ飛びにけり　岸本尚毅

残る雁　のこるかり　晩春

春になっても北方に帰らず、とどまっている雁。

鴨帰る　かもかえる　かもかへる　仲春　⇩引鴨（ひきがも）（62頁）

残る鴨　のこるかも　晩春

春になっても北方に帰らず、とどまっている鴨。

残り鴨　のこりがも　晩春　⇨残る鴨

春の鴨　はるのかも　晩春　⇨残る鴨

ごめ渡る　ごめわたる　仲春　⇩海猫渡る（うみねこわたる）（165頁）

鳥帰る　とりかえる　とりかへる　仲春

秋冬に渡ってきた鳥が日本で冬を越し、春になって北方へ帰っていくこと。

例　鳥帰るところどころに寺の塔　森澄雄

例　鳥帰る東京液化そして気化　中村安伸

4音　**鳥引く**（とりひく）　**引鳥**（ひきどり）

帰る鳥　かえるとり　かへるとり　仲春　⇨鳥帰る

鳥雲に　とりくもに　仲春　⇩鳥雲に入る（とりくもにいる）（165頁）

例　かかる日はひとりでゐたし鳥雲に　安住敦

例　鳥雲に湖をはなるる湖西線　片山由美子

鳥交る　とりさかる　晩春

例 風蝕の崖さんらんと鳥交る　鷲谷七菜子

鳥つるむ　とりつるむ　晩春　⇨鳥交る

鳥つがふ　とりつがう　とりつがふ　晩春　⇨鳥交る

鳥の恋　とりのこい　とりのこひ　晩春　⇨鳥交る

鶴の舞　つるのまい　つるのまひ　晩春　⇨鳥交る

雀の子　すずめのこ　晩春

4音 **雀子**（すずめこ）　**子雀**（こすずめ）

例 何かよきものを銜（くは）へて雀の子　対中いずみ

小鳥の巣　ことりのす　三春　⇩鳥（とり）の巣（す）（62頁）

燕の巣　つばめのす　三春

例 やはらかに押しあへる巣の燕かな　長谷川櫂

雀の巣　すずめのす　三春

4音 **巣燕**（すつばめ）

巣立鳥　すだちどり　晩春

3音 **巣立**（すだち）　**子鳥**（こどり）

4音 **親鳥**（おやどり）

抱卵期　ほうらんき　はうらんき　晩春　⇩鳥（とり）の卵（たまご）（146頁）

桜鯛　さくらだい　さくらだひ　晩春

産卵時期になって赤みを増した鯛。

例 俎板（まないた）に鱗ちりしく桜鯛　正岡子規

6音 **乗込鯛**（のっこみだい）

花見鯛　はなみだい　はなみだひ　晩春　⇨桜鯛

かどいわし　晩春　⇩鰊（にしん）（25頁）

初鰊　はつにしん　晩春　⇩鰊（同右）

鰊群来　にしんくき　晩春　⇩鰊（同右）

鰊炊く　にしんたく　晩春　⇩鰊（同右）

うみどじょう　晩春　⇩銀宝（ぎんぽ）（25頁）

春鰯　はるいわし　三春

日本海側で春に獲れる鰯。単に鰯だと秋の季語。

6音 **大羽鰯**（おおばいわし）

鰆船　さわらぶね　さはらぶね　晩春　⇩鰆（さわら）（25頁）

鰆網　さわらあみ　さはらあみ　晩春　⇩鰆（同右）

5音

沖鰆　おきさわら　おきさはら　晩春　⇩鰆（同右）

鱵舟　さよりぶね　三春　⇩鱵（25頁）

めじまぐろ　三春　⇩めじ（10頁）

鯥五郎　むつごろう　むつごらう　晩春

かますじゃこ　晩春　⇩鮊子（いかなご）（63頁）

白魚捕　しらおとり　しらをとり　初春　⇩白魚（しらうお）（63頁）

白魚汲む　しらおくむ　しらをくむ　初春　⇩白魚（同右）

例　白魚汲みたくさんの目を汲みにけり　後藤比奈夫

白魚舟　しらおぶね　しらをぶね　初春　⇩白魚（同右）

鱒上る　ますのぼる　晩春　⇩鱒（ます）（10頁）

初諸子　はつもろこ　三春　⇩諸子（もろこ）（26頁）

例　比良ばかり雪をのせたり初諸子　飴山實

本諸子　ほんもろこ　三春　⇩諸子（同右）

諸子釣る　もろこつる　三春　⇩諸子（同右）

雀魚　すずめうお　すずめうを　三春　⇩公魚（わかさぎ）（64頁）

桜魚　さくらうお　さくらうを　三春　⇩公魚（同右）

柳鮠　やなぎはえ　三春

小型の鯎（うぐい）や追河（おいかわ）。柳の葉に似ていることから。

春の鮒　はるのふな　晩春　⇩乗込鮒（のっこみぶな）（147頁）

子持鮒　こもちぶな　晩春

上り鮎　のぼりあゆ　晩春　⇩若鮎（わかあゆ）（64頁）

彼岸河豚　ひがんふぐ　仲春

フグの一種。春彼岸の頃に産卵する。

3音　**真河豚**（まふぐ）

名古屋河豚　なごやふぐ　仲春　⇨彼岸河豚

目赤河豚　めあかふぐ　仲春　⇨彼岸河豚

菜種河豚　なたねふぐ　晩春

種名ではなく、菜の花が咲く頃の河豚。毒性が強い。

桜鮠　さくらばえ　晩春　⇩鰉（ひがい）（26頁）

螢烏賊　ほたるいか　晩春

3音　**こいか**

4音　**まついか**

桜烏賊　さくらいか　晩春　⇩花烏賊(はないか)(64頁)

簾貝　すだれがい　すだれがひ　三春

マルスダレガイ科の二枚貝。殻は長く、模様が簾に似ている。

板屋貝　いたやがい　いたやがひ　三春

イタヤガイ科の二枚貝。殻の色は白く帆立貝に似ている。貝柱が食用になる。

浅蜊取　あさりとり　三春　⇩浅蜊(あさり)(26頁)

浅蜊売　あさりうり　三春　⇩浅蜊(同右)

浅蜊汁　あさりじる　三春　⇩浅蜊(同右)

例 浅蜊汁星の触れ合ふ音立てて　篠崎央子

浅蜊舟　あさりぶね　三春　⇩浅蜊(同右)

にたり貝　にたりがい　にたりがひ　三春　⇩貽貝(いがい)(26頁)

月日貝　つきひがい　つきひがひ　三春

二枚の殻が紅紫色と白色で別色。これを月と日に見立てた命名。

子安貝　こやすがい　こやすがひ　三春

タカラガイ科の巻き貝。種名ではなく俗称。

3音 **貝子**(ばいし)

9音 **八丈宝貝**(はちじょうたからがい)

宝貝　たからがい　たからがひ　三春　⇨子安貝

いぼきさご　三春　⇩細螺(きさご)(26頁)

桜貝　さくらがい　さくらがひ　三春

殻が薄く桜色をした二枚貝。

例 砂よりもはやく乾いて桜貝　今瀬剛一

例 桜貝ひとつ拾ひてひとつきり　三村純也

例 桜貝たくさん落ちてゐて要らず　髙柳克弘

4音 **紅貝**(べにがい)　**花貝**(はながい)

蜆貝　しじみがい　しじみがひ　三春　⇩蜆(しじみ)(26頁)

蜆採　しじみとり　三春　⇩蜆(同右)

蜆掻　しじみかき　三春　⇩蜆(同右)

蜆籠　しじみかご　三春　⇩蜆(同右)

5音

例 ひとゆすりして嵩(かさ)おなじ蜆籠　鷹羽狩行

蜆売　しじみうり　三春　⇩蜆(同右)

蜷の道　になのみち　三春　⇩蜷(にな)(10頁)

例 うたかたの影の過ぎゆく蜷の道　岩田由美

北寄貝　ほっきがい　ほくきがひ　三春

バカガイ科の大型の二枚貝。東北、北海道沿岸に生息。

大田螺　おおたにし　おほたにし　三春　⇩田螺(たにし)(27頁)

田螺売　たにしうり　三春　⇩田螺(同右)

田螺取　たにしとり　三春　⇩田螺(同右)

田螺鳴く　たにしなく　三春　⇩田螺(同右)

例 泡ひとつ吐くは田螺の鳴くならむ　伊藤伊那男

烏貝　からすがい　からすがひ　三春

淡水の二枚貝。殻が黒く大型。

桜蝦　さくらえび　晩春

例 ゆふぐれが一つ古びるさくら蝦　八田木枯

望潮　しおまねき　しほまねき　三春

6音

潮招(うしおまねき)

田打蟹　たうちがに　三春　⇨望潮

ごうな売　ごうなうり　三春　⇩寄居虫(やどかり)(66頁)

地虫出づ　じむしいづ　仲春　⇩地虫穴を出づ(じむしあないづ)(176頁)

例 地虫出づ草間彌生の如く出づ　柿本多映

紋黄蝶　もんきちょう　もんきてふ　三春　⇩蝶(10頁)

小灰蝶　しじみちょう　しじみてふ　三春　⇩蝶(同右)

蛺蝶　たてはちょう　たてはてふ　三春　⇩蝶(同右)

瑠璃蛺蝶　るりたては　三春　⇩蝶(同右)

斑蝶　まだらちょう　まだらてふ　三春　⇩蝶(同右)

蛇の目蝶　じゃのめちょう　じやのめてふ　三春　⇩蝶(同右)

蝶の昼　ちょうのひる　てふのひる　三春　⇩蝶(同右)

例 あちこちの墓に人ゐて蝶の昼　深見けん二

例 栞紐垂らして眠る蝶の昼　鈴木鷹夫

熊ん蜂　くまんばち　三春　⇩蜂(はち)(11頁)

例 熊ん蜂二匹や花を同じうす　堀下翔

小花蜂 こばなばち　三春　⇩蜂（同右）

雀蜂 すずめばち　三春　⇩蜂（同右）

女王蜂 じょおうばち　ぢよわうばち　三春　⇩蜂（同右）

蜂の針 はちのはり　三春　⇩蜂（同右）

蜂の箱 はちのはこ　三春　⇩蜂（同右）

春の蠅 はるのはえ　はるのはへ　三春

例 室内のひかりのなかを春の蠅　上田信治

蠅生る はえうまる　はへうまる　晩春

例 蠅生まるビル一面に室外機　小池康生

4音 **蠅の子**（はえのこ）

蚕時 かいこどき　かひこどき　晩春　⇩蚕飼（こがい）（21頁）

春の蟬 はるのせみ　晩春　⇩春蟬（はるぜみ）（67頁）

5音　植物

梅の花 うめのはな　初春　⇩梅（うめ）（11頁）

例 考へを文字に移して梅の花　高浜虚子

例 いの字よりはの字むつかし梅の花　夏目漱石

例 尿尽きてまた湧く日日や梅の花　三橋敏雄

臥竜梅 がりょうばい　初春　⇩梅（同右）

枝垂梅 しだれうめ　初春　⇩梅（同右）

梅の里 うめのさと　初春　⇩梅（同右）

梅屋敷 うめやしき　初春　⇩梅（同右）

梅の宿 うめのやど　初春　⇩梅（同右）

夜の梅 よるのうめ　初春　⇩梅（同右）

闇の梅 やみのうめ　初春　⇩梅（同右）

未開紅 みかいこう　初春　⇩紅梅（こうばい）（67頁）

紅椿 べにつばき　三春　⇩椿（つばき）（27頁）

白椿 しろつばき　三春　⇩椿（同右）

八重椿 やえつばき　やへつばき　三春　⇩椿（同右）

藪椿 やぶつばき　三春　⇩椿（同右）

山椿 やまつばき　三春　⇩椿（同右）

雪椿 ゆきつばき　三春　⇩椿（同右）

玉椿　たまつばき　三春　⇩椿（同右）

落椿　おちつばき　三春　⇩椿（同右）

例　落椿とはとつぜんに華やげる　稲畑汀子

散椿　ちりつばき　三春　⇩椿（同右）

初桜　はつざくら　仲春　⇩初花（はつはな）（68頁）

例　ご無沙汰の酒屋をのぞく初桜　蝶花楼馬楽

例　洗顔のてのひらぬくし初桜　津川絵理子

姥彼岸　うばひがん　仲春　⇩彼岸桜（ひがんざくら）（148頁）

立彼岸　たちひがん　仲春　⇩彼岸桜（同右）

糸桜　いとざくら　仲春　⇩枝垂桜（しだれざくら）（148頁）

紅枝垂　べにしだれ　仲春　⇩枝垂桜（同右）

桜咲く　さくらさく　晩春　⇩桜（28頁）

例　ごはん粒よく嚙んでゐて桜咲く　桂信子

例　まんまんなかに桜木町の桜咲く　阿部完市

里桜　さとざくら　晩春　⇩桜（同右）

豆桜　まめざくら　晩春　⇩桜（同右）

富士桜　ふじざくら　晩春　⇩桜（同右）

犬桜　いぬざくら　晩春　⇩桜（同右）

雲珠桜　うずざくら　晩春　⇩桜（同右）

朝桜　あさざくら　晩春　⇩桜（同右）

例　あたらしき名刺百枚朝桜　津川絵理子

夕桜　ゆうざくら　ゆふざくら　晩春　⇩桜（同右）

例　坂道は人をとどめず夕桜　片山由美子

例　俎に鱗積もりぬ夕桜　小川軽舟

例　墓地は石の多きところや夕桜　津久井健之

例　生娘やつひに軽みの夕桜　加藤郁乎

庭桜　にわざくら　晩春　⇩桜（同右）

家桜　いえざくら　いへざくら　晩春　⇩桜（同右）

若桜　わかざくら　晩春　⇩桜（同右）

姥桜　うばざくら　晩春　⇩桜（同右）

花の雲　はなのくも　晩春　⇩花（12頁）

例　観音のいらか見やりつ花の雲　芭蕉

例 子供より大きな鯉や花の雲　岸本尚毅

花の主　はなのぬし　晩春　⇩花（同右）

花の庭　はなのにわ　はなのには　晩春　⇩花（同右）

花の門　はなのもん　晩春　⇩花（同右）

花明り　はなあかり　晩春　⇩花（同右）

花盛り　はなざかり　晩春　⇩花（同右）

例 人体冷えて東北白い花盛り　金子兜太

例 産み終へてみればこの世は花ざかり　鶴岡加苗

花便り　はなだより　晩春　⇩花（同右）

花惜しむ　はなおしむ　はなをしむ　晩春　⇩花（同右）

山桜　やまざくら　晩春

単に山に咲く桜ではなく一品種。若葉と開花が同時。

例 山ざくら天にも瀧のあるごとし　角川春樹

例 カルシウムいっぱいの山桜かな　岡村知昭

6音

吉野桜（よしのざくら）

八重桜　やえざくら　やへざくら　晩春

例 とろけるまで鶏（とり）煮つつ八重ざくらかな　草間時彦

例 大皿のなまぐさくあり八重桜　波多野爽波

例 八重桜より電球をはづしけり　生駒大祐

遅桜　おそざくら　晩春

大方の桜が散った後に咲く桜。品種を指すのではない。

散る桜　ちるさくら　晩春　⇩落花（らっか）（28頁）

例 ちるさくら海あをければ海へちる　高屋窓秋

例 もう誰の墓でもよくて散る櫻　遠山陽子

桜散る　さくらちる　晩春　⇩落花（同右）

例 日本語のはじめはいろはさくらちる　田中裕明

花吹雪　はなふぶき　晩春　⇩落花（同右）

例 空をゆく一とかたまりの花吹雪　高野素十

例 花ふぶきやみて一片幹つたふ　皆吉爽雨

花の塵　はなのちり　晩春　⇩落花（同右）

例 おもひ出や蹴つまづきても花の塵　挙白

花筏　はないかだ　晩春　⇩落花（同右）

残る花　のこるはな　晩春　⇩残花（ざんか）（28頁）

迎春花　げいしゅんか　げいしゅんくわ　初春　⇩黄梅（おうばい）（68頁）

花蘇芳／紫荊　はなずおう　はなずはう　晩春

マメ科の落葉小高木。紅紫色で蝶形の花が群れて咲く。

6音　**蘇芳（すおう）の花（はな）**

幣辛夷　しでこぶし　仲春　⇩辛夷（こぶし）（28頁）

花辛夷　はなこぶし　仲春　⇩辛夷（同右）

例　鳥の眼のときに神の眼花辛夷　岸本尚毅

花水木　はなみずき　はなみづき　晩春

北米原産の落葉高木。四つの大きな白い総苞が開き、
その中心に淡い緑黄色の小花が集まって咲く。

9音　**アメリカヤマボウシ**

沈丁花　じんちょうげ　ぢんちやうげ　仲春

ジンチョウゲ科の常緑低木。紫紅色の花は香気が強い。

例　部屋部屋のうすくらがりや沈丁花　桂信子

例　電線のたわむ夜空や沈丁花　遠藤由樹子

3音　**丁字（ちょうじ）**

4音　**沈丁（じんちょう）　瑞香（ずいこう）　芸香（うんこう）**

丁字草　ちょうじぐさ　仲春　⇨沈丁花

いたちぐさ　仲春　⇩連翹（れんぎょう）（68頁）

いたちはぜ　仲春　⇩連翹（同右）

土佐水木／蠟弁花　とさみずき　とさみづき　仲春

マンサク科の落葉低木。花は淡黄色で鐘形の五弁。

4音　**しろむら**

6音　**日向水木（ひゅうがみずき）**

ライラック　晩春

モクセイ科の落葉低木。欧州原産。薄紫色の四弁花の
小花を多数咲かせる。ライラックは英名、リラは仏名。

2音　**リラ**

4音　**リラ冷（びえ）**

8音　**紫丁香花（むらさきはしどい）**

リラの花　晩春　⇨ライラック

アルメリア　仲春　⇩浜簪(はまかんざし)（152頁）

諸葛菜　しょかつさい　仲春

アブラナ科の一年草。大根の花に似た薄紫や藍紫色の花をつける。

例 東京を一日歩き諸葛菜　和田悟朗

7音 **紫花菜**(むらさきはな)

8音 **大紫羅欄花**(おおあらせいとう)

長春花／月季花　ちょうしゅんか　ちやうしゅんくわ　晩春

中国原産の常緑低木。花は淡紫紅色や白。一重または八重。鑑賞用に栽培されるほか西洋薔薇の台木に利用。

6音 **四季咲薔薇**(しきざきばら)　**庚申薔薇**(こうしんばら)

花ゆすら　⇩山桜桃(ゆすら)の花(はな)（149頁）

にはざくら　にわざくら　晩春　⇩郁李(にわうめ)の花(はな)（166頁）

羊躑躅　もちつつじ　晩春　⇩躑躅(つつじ)（29頁）

岩躑躅　いわつつじ　いはつつじ　晩春　⇩躑躅（同右）

団子花　だんごばな　晩春　⇩小粉団(こでまり)の花(はな)（167頁）

雪柳　ゆきやなぎ　晩春

バラ科の落葉低木。岩場などに自生し、鑑賞用栽培も多い。白い小花が枝に群れて咲くのを雪に見立ててこの名がある。

6音 **小米桜**(こごめざくら)

小米花　こごめばな　晩春　⇨雪柳

こめやなぎ　晩春　⇨雪柳

えくぼばな　晩春　⇨雪柳

噴雪花　ふんせつか　晩春　⇨雪柳

花馬酔木　はなあしび　晩春　⇩馬酔木(あしび)の花(はな)（149頁）

馬酔木咲く　あしびさく　晩春　⇩馬酔木の花（同右）

例 来しかたや馬酔木咲く野の日のひかり　水原秋桜子

紫木蓮　しもくれん　仲春　⇩木蓮(もくれん)（69頁）

藤の花　ふじのはな　ふぢのはな　晩春　⇩藤(ふじ)（12頁）

例 草臥(くたび)れて宿借る比(ころ)や藤の花　芭蕉

かかり藤　晩春　⇩藤（同右）

例 掛かり藤咲く戒名に雲の文字　山崎祐子

濃山吹　こやまぶき　晩春　⇩山吹（69頁）

葉山吹　はやまぶき　晩春　⇩山吹（同右）

かがみ草　かがみぐさ　晩春　⇩山吹（同右）

桃の花　もものはな　晩春

花は淡紅色で五弁。白い花をつける「白桃」、紅白を咲き分ける「源平桃」もある。「桃の実」は秋の季語。

例 故郷はいとこの多し桃の花　正岡子規

例 曇つたり晴れたり桃の花咲いて　今井杏太郎

例 海女とても陸こそよけれ桃の花　高浜虚子

4音 **白桃**　**桃咲く**

6音 **源平桃**

李散る　すももちる　晩春　⇩李の花（149頁）

梨の花　なしのはな　晩春

果樹の梨は春に白色五弁の花が一斉に咲き、数日で散る。「梨の実」は秋の季語。

例 梨の花とんで母屋の塵となる　平畑静塔

2音 **梨花**

4音 **梨花**　**梨咲く**

杏散る　あんずちる　晩春　⇩杏の花（150頁）

花杏　はなあんず　晩春　⇩杏の花（同右）

例 花杏受胎告知の翅音びび　川端茅舎

花林檎　はなりんご　晩春　⇩林檎の花（150頁）

伊予蜜柑　いよみかん　三春　⇩伊予柑（69頁）

名の木の芽　なのきのめ　仲春　⇩木の芽（29頁）

木の芽張る　きのめはる　仲春　⇩木の芽（同右）

木の芽雨　このめあめ　仲春　⇩木の芽（同右）

木の芽晴　このめばれ　仲春　⇩木の芽（同右）

木の芽山　このめやま　仲春　⇩木の芽（同右）

春の森　はるのもり　三春　⇩春林（70頁）

若緑　わかみどり　晩春

松の新芽。枝先に一〇センチ以上の棒状の芽が数本直立する。

初緑　はつみどり　晩春　⇨若緑

6音 **松の緑**（まつのみどり）

緑立つ　みどりたつ　晩春　⇨若緑

松の芯　まつのしん　晩春　⇨若緑

例　志松にもありて松の芯　鷹羽狩行

柳の芽　やなぎのめ　仲春

柳は春になると新枝に萌黄色の新芽を多数吹く。

4音 **芽柳**（めやなぎ）

6音 **芽ばり柳**（めばりやなぎ）

楓の芽　かえでのめ　かへでのめ　仲春

うどもどき　仲春　⇩楤の芽（たらのめ）（70頁）

桔梗の芽　ききょうのめ　ききやうのめ　初春

蔦若葉　つたわかば　晩春

葛若葉　くずわかば　晩春

萩若葉　はぎわかば　晩春

4音 **若萩**（わかはぎ）

五加垣　うこぎがき　仲春　⇩五加（うこぎ）（29頁）

五加摘む　うこぎつむ　仲春　⇩五加（同右）

はたつもり　仲春　⇩令法（りょうぶ）（30頁）

令法摘む　りょうぶつむ　りやうぶつむ　仲春　⇩令法（同右）

令法飯　りょうぶめし　りやうぶめし　仲春　⇩令法（同右）

桑の花　くわのはな　くはのはな　晩春　⇩桑（12頁）

桑畑　くわばたけ　くはばたけ　晩春　⇩桑（同右）

糸柳　いとやなぎ　晩春　⇩柳（やなぎ）（30頁）

金縷梅　きんろばい　初春　⇩金縷梅（まんさく）（70頁）

銀縷梅　ぎんろばい　初春　⇩金縷梅（同右）

木瓜の花　ぼけのはな　晩春

庭木として親しまれる落葉低木。枝には棘があり、赤や白の五弁花。また紅白の混じった更紗木瓜がある。

3音 **緋木瓜**（ひぼけ）

4音 **花木瓜**（はなぼけ）　**白木瓜**（しろぼけ）

更紗木瓜　さらさぼけ　晩春　⇨木瓜の花

松の花　まつのはな　晩春

花弁をもたず、新芽の先端に紫色の雌花が数個つき、その下に薄茶色の小さな雄花が多数集まってつく。

6音　**松(まつ)の花粉(かふん)**

7音　**十返(とがえ)りの花(はな)**

杉の花　すぎのはな　晩春

枝先に緑色の小さな球形の雌花が一個ずつつき、薄黄色で楕円状の多数の雄花から風で花粉が飛散する。

6音　**杉(すぎ)の花粉(かふん)**

杉花粉　すぎかふん　すぎくわふん　晩春　⇨杉の花

花銀杏　はないちょう　はないてふ　晩春　⇩銀杏(いちょう)の花(はな)（151頁）

花楓　はなかえで　晩春　⇩楓(かえで)の花(はな)（151頁）

もみぢ咲く　もみじさく　晩春　⇩楓の花（同右）

榧の花　かやのはな　仲春

イチイ科の常緑樹。二〇〜三〇メートルに達する高木。雌雄異株。雄花は黄色く一センチほどの楕円形。雌花は緑色で卵形。

榛の花　はんのはな　仲春

ハンノキ科の落葉高木。雄花は細長く暗褐色、雌花は暗紅色の楕円形。

7音　**赤楊(はんのき)の花(はな)**　**はりの木(き)の花(はな)**

樺の花　かばのはな　晩春　⇩白樺(しらかば)の花(はな)（168頁）

花かんば　はなかんば　晩春　⇩白樺の花（同右）

花梓　はなあずさ　はなあづさ　晩春　⇩梓(あずさ)の花(はな)（151頁）

樫の花／櫧の花　かしのはな　晩春

ブナ科の常緑高木の総称。黄褐色の雄花はつながって枝からぶら下がり、黄白色の小さな雌花は葉のつけ根に密生して咲く。

柏散る　かしわちる　かしはちる　仲春　⇩柏落葉(かしわおちば)（152頁）

ローダンセ　仲春　⇩花簪(はなかんざし)（151頁）

纈草／鹿の子草　かのこそう　かのこさう　晩春

オミナエシ科の多年草。淡紅色の小花を多数咲かせる。見た目がオミナエシに似ているので、ハルオミナエシの別名がある。

7音 **春女郎花**(はるおみなえし)

猫柳 ねこやなぎ 初春

ヤナギ科の落葉低木。川べりに自生。花穂は銀白色の毛に覆われる。

例 空壜に空気のひかり猫柳 小川軽舟

例 猫柳雨に学生服匂ふ 加藤かな文

7音 **えのころやなぎ**

柳絮飛ぶ りゅうじょとぶ りうじよとぶ 仲春 ⇩柳絮(りゅうじょ)(30頁)

粟苺 あわいちご 晩春 ⇩木苺の花(きいちごのはな)(168頁)

黄楊の花 つげのはな 晩春

常緑低木の黄楊は庭木や生垣に多く利用され、緻密な木質で櫛や将棋の駒などに加工。花は細かく淡い黄色。

4音 **姫黄楊**(ひめつげ)

たずの花 たずのはな たづのはな 晩春 ⇩接骨木の花(にわとこのはな)(169頁)

みやつこぎ 晩春 ⇩接骨木の花(同右)

かぞの花 晩春 ⇩楮の花(こうぞのはな)(152頁)

かずの花 晩春 ⇩楮の花(同右)

花樒 はなしきみ 晩春 ⇩樒の花(しきみのはな)(152頁)

花通草 はなあけび 晩春 ⇩通草の花(あけびのはな)(152頁)

通草咲く あけびさく 晩春 ⇩通草の花(同右)

郁子の花 むべのはな 晩春

アケビ科の常緑低木。花は白がかった紫色。

3音 **野木瓜**(のぼけ)

6音 **常盤通草**(ときわあけび)

うべの花 晩春 ⇨郁子の花

竹の秋 たけのあき 晩春

竹の葉が春に黄ばむこと。「竹の春」は仲秋の季語。

例 夕方や吹くともなしに竹の秋 永井荷風

例 こゑふたつ同じこゑなる竹の秋　鴇田智哉

4音 竹秋(ちくしゅう)

7音 竹(たけ)の秋風(あきかぜ)

春落葉 はるおちば　晩春

松、檜、椎、樫などは春に芽吹いた直後に落葉する。

例 春落葉波に濡れたるところにも　岸本尚毅

6音 春(はる)の落葉(おちば)

遊蝶花 ゆうちょうか　ゆうてふくわ　晩春　⇩三色菫(さんしきすみれ)（170頁）

山菫 やますみれ　三春　⇩香菫(においすみれ)（153頁）

捩菖蒲 ねじあやめ　ねぢあやめ　晩春

捩れた剣状の葉をもち、花は淡青紫色、まれに白色。

3音 馬藺(ばりん)　馬楝(ばれん)

ねじばれん 晩春　⇨捩菖蒲

黄水仙 きずいせん　きずゐせん　仲春

ダッフォディル 仲春　⇩喇叭水仙(らっぱすいせん)（170頁）

華鬘草 けまんそう　けまんさう　晩春

房状に垂れ淡紅色の花を仏具の華鬘に見立ててこの名。

3音 けまん

6音 鯛釣草(たいつりそう)　華鬘牡丹(けまんぼたん)

7音 瓔珞牡丹(ようらくぼたん)

藤牡丹 ふじぼたん　晩春　⇨華鬘草

花輪菊 はなわぎく　晩春

キク科の一年草。園芸種として花色は白のほか豊富。

6音 花春菊(はなしゅんぎく)

8音 さんしきかみつれ

金盞花 きんせんか　きんせんくわ　晩春

キク科の一年草。花期が長く数か月に及ぶ。

6音 唐金盞(とうきんせん)　金盞草(きんせんそう)　勿忘草(わすれなぐさ)　忘(わす)れな草(ぐさ)　忘(わす)るな草(ぐさ)

常春花 じょうしゅんか　じやうしゅんくわ　晩春　⇨金盞花

長春花 ちょうしゅんか　ちやうしゅんくわ　晩春　⇨金盞花

カレンジュラ 晩春　⇨金盞花

ときしらず 晩春　⇨金盞花

ミヨソティス　晩春　⇨金盞花

藍微塵　あいみじん　晩春　⇨金盞花

シネラリア　晩春

キク科の越年草。鉢植えの園芸種で、花は色・形が様々。

4音　**蕗菊**（ふきぎく）

6音　**白妙菊**（しろたえぎく）　**春苳菊**（しゅんとうぎく）

サイネリア　晩春　⇨シネラリア

例　サイネリア花たけなはに事務倦みぬ　日野草城

富貴菊　ふうきぎく　晩春　⇨シネラリア

蕗桜　ふきざくら　晩春　⇨シネラリア

はないちげ　晩春　⇩アネモネ（72頁）

フリージア　晩春

例　うまさうなコップの水にフリージヤ　京極杞陽

6音　**香雪蘭**（こうせつらん）

7音　**浅黄水仙**（あさぎずいせん）

チューリップ　晩春

例　それぞれにうかぶ宙ありチューリップ　皆吉爽雨

例　チューリップ花びら外れかけてをり　波多野爽波

鬱金香　うこんこう　うこんかう　晩春　⇨チューリップ

牡丹百合　ぼたんゆり　晩春　⇨チューリップ

ゆきのはな　初春　⇩スノードロップ（170頁）

ガランサス　初春　⇩スノードロップ（同右）

クロッカス　初春

8音　**春咲きサフラン**（はるざき）

シクラメン　晩春

例　部屋のことすべて鏡にシクラメン　中村汀女

例　シクラメンたばこを消して立つ女　京極杞陽

例　流通の末端としてシクラメン　仲寒蟬

6音　**篝火草**（かがりびそう）

ヒヤシンス　初春

例　教室の入口ふたつヒヤシンス　津川絵理子

例　ヒヤシンスしあはせがどうしても要る　福田若之

例　銀河系のとある酒場のヒヤシンス　橋閒石

風信子　ふうしんし　初春　⇨ヒヤシンス

夜香蘭　やこうらん　やかうらん　初春　⇨ヒヤシンス

錦百合　にしきゆり　初春　⇨ヒヤシンス

オキザリス　晩春

カタバミ科の多年草。花色は様々で、形は丸みがある。

6音　**はなかたばみ**

君子蘭　くんしらん　仲春

ラン科ではなくヒガンバナ科。肉厚の葉と橙色の花をもつ。

9音　**大花君子蘭**（おおばなくんしらん）

芝桜　しばざくら　晩春

桃色の小花が地面を覆うように咲く。葉は爪状。

6音　**花爪草**（はなつめぐさ）

7音　**モスフロックス**

群雀　むれすずめ　晩春

庭木や盆栽に多い。花ははじめ黄色、そののち赤みを帯びる。

錦鶏児　きんけいじ　晩春　⇨群雀

霞草　かすみそう　かすみさう　晩春

6音　**群撫子**（むれなでしこ）

7音　**小米撫子**（こごめなでしこ）

野春菊　のしゅんぎく　晩春　⇩都忘れ（みやこわすれ）（154頁）

あづまぎく　晩春　⇩都忘れ（同右）

菊の苗　きくのなえ　きくのなへ　仲春

4音　**菊の芽**（きくのめ）

スイトピー　晩春　⇩スイートピー（154頁）

豆の花　まめのはな　晩春

豆類の花の総称。夏咲きの豆も多く、特に春咲きの豌豆（えんどう）、蚕豆（そらまめ）の花をさす。蝶形で、豌豆は白または赤紫色、蚕豆は緑に黒い斑（ふ）の入った白または薄紫色。

例　豆の花番地でさがしあぐみけり　久保田万太郎

7音 蚕豆の花（そらまめのはな）

例 そら豆の花に大きな月上がる　小川軽舟

花苺　はないちご　晩春　⇩苺の花（154頁）

葱坊主　ねぎぼうず　ねぎばうず　晩春

茎の先に無数の白い花が球状に固まって咲く。

葱の花　ねぎのはな　晩春　⇨葱坊主

例 にはとりの飛べぬ羽ばたき葱の花　齋藤朝比古

葱の擬宝　ねぎのぎぼ　晩春　⇨葱坊主

茎立菜　くきたちな　晩春

アブラナ科。寒冷地で栽培され、おひたし、味噌汁の具などで食される。

3音 晩菜（おくな）　折菜（おりな）

茎立菜　くくたちな　晩春　⇨茎立菜

鶯菜　うぐいすな　うぐひすな　仲春

小松菜（冬の季語）のまだ若い一〇センチほどのもの。

如月菜　きさらぎな　初春

丸い濃緑色の葉。表面は縮緬（ちりめん）状。

4音 二月菜（にがつな）

青芥子　あおがらし　あをがらし　初春　⇩芥菜（からしな）（73頁）

三月菜　さんがつな　さんぐわつな　仲春

早春に種を蒔き旧暦三月に食べ頃になる菜の総称。

三葉芹　みつばぜり　三春

白く長い葉柄の先に三枚の葉が集まる。食用に栽培。野生のものは香りが強く、夏に白い五弁花をつける。

3音 三葉（みつば）

もやし独活　もやしうど　晩春　⇩独活（うど）（13頁）

春キャベツ　仲春

8音 玉巻く甘藍（たままくかんらん）

松葉独活／石刀柏　まつばうど　晩春　⇩アスパラガス（155頁）

はまにがな　三春　⇩防風（ぼうふう）（73頁）

山葵沢　わさびざわ　わさびざは　晩春　⇩山葵（わさび）（31頁）

山山葵　やまわさび　晩春　⇩山葵（同右）

土山葵　つちわさび　晩春　⇩山葵（同右）

畑山葵　はたわさび　晩春　⇩山葵（同右）

白山葵　しろわさび　晩春　⇩山葵（同右）

青山葵　あおわさび　あをわさび　晩春　⇩山葵（同右）

茗荷竹　みょうがだけ　めうがだけ　晩春

ショウガ科の多年草、茗荷の若芽。円錐形の花穂は「茗荷の子」と呼ばれ夏の季語。茗荷の花は秋の季語。

白慈姑　しろぐわい　しろぐわゐ　初春　⇩慈姑（くわい）（31頁）

青慈姑　あおぐわい　あをぐわゐ　初春　⇩慈姑（同右）

慈姑の芽　くわいのめ　くわゐのめ　初春　⇩慈姑（同右）

烏芋　くろぐわい　くろぐわゐ　初春

慈姑に似た水草。緑色の茎が水から高く伸びる。

2音 **ごい**

4音 **えぐいも**

麦青む　むぎあおむ　むぎあをむ　三春　⇩青麦（あおむぎ）（73頁）

例　対岸の比良と比叡や麦青む　対中いずみ

春の草　はるのくさ　三春

春に萌え出る草の総称。

例　ロボットも博士を愛し春の草　南十二国

4音 **春草（しゅんそう）　芳草（ほうそう）**

6音 **草芳し（くさかんばし）　草芳し（くさかぐわし）**

草青む　くさあおむ　くさあをむ　初春

草が萌え出すこと。下萌（したもえ）とほぼ同じだが、そこから少し時間が経って、青さが目立つ時期をいう。

4音 **青草（あおくさ）**

畦青む　あぜあおむ　あぜあをむ　晩春

名草の芽　なぐさのめ　初春　⇩草の芽（くさのめ）（74頁）

朝顔や桔梗など名のある草の芽の総称。

芒の芽　すすきのめ　初春　⇩末黒の芒（すぐろのすすき）（172頁）

雪間草　ゆきまぐさ　仲春

雪が解けて現れた土から萌え出た草の総称。

草若し　くさわかし　晩春　⇩若草(わかくさ)（74頁）

若草野　わかくさの　晩春　⇩若草（同右）

春の芝　はるのしば　晩春　⇩若芝(わかしば)（74頁）

芝青む　しばあおむ　しばあをむ　晩春　⇩若芝（同右）

草若葉　くさわかば　晩春

6音 **草(くさ)の若葉(わかば)**

壺菫　つぼすみれ　三春　⇩菫(すみれ)（31頁）

例　その中に小さき神や壺すみれ　高浜虚子

姫菫　ひめすみれ　三春　⇩菫（同右）

岡菫　おかすみれ　三春　⇩菫（同右）

山菫　やますみれ　三春　⇩菫（同右）

野路菫　のじすみれ　のぢすみれ　三春　⇩菫（同右）

雛菫　ひなすみれ　三春　⇩菫（同右）

藤菫　ふじすみれ　三春　⇩菫（同右）

花菫　はなすみれ　三春　⇩菫（同右）

例　わが影のさして色濃き花菫　右城暮石

5音

菫草　すみれぐさ　三春　⇩菫（同右）

相撲草　すもうぐさ　すまふぐさ　三春　⇩菫（同右）

相撲花　すもうばな　すまふばな　三春　⇩菫（同右）

一夜草　ひとよぐさ　三春　⇩菫（同右）

一葉草　ひとはぐさ　三春　⇩菫（同右）

ふたば草　ふたばぐさ　三春　⇩菫（同右）

菫摘む　すみれつむ　三春　⇩菫（同右）

蓮華草　れんげそう　れんげさう　晩春　⇩紫雲英(げんげ)（31頁）

クローバー　晩春

6音 **白詰草(しろつめくさ)**

7音 **オランダげんげ**

9音 **紫苜蓿(むらさきうまごやし)**

苜蓿　うまごやし　晩春　⇨クローバー

花薺　はななずな　はななづな　三春　⇩薺の花（155頁）

鼓草　つづみぐさ　三春　⇩蒲公英(たんぽぽ)（74頁）

つくづくし　仲春　⇩土筆(つくし)（32頁）

例 それはもうとほいむかしのつくづくし　西野文代

つくしんぼ　仲春　⇩土筆（同右）

筆の花　ふでのはな　仲春　⇩土筆（同右）

土筆和　つくしあえ　つくしあへ　仲春　⇩土筆（同右）

土筆摘　つくしつみ　仲春　⇩土筆（同右）

例 かはたれの指よごしては土筆摘む　柿本多映

犬杉菜　いぬすぎな　晩春　⇩杉菜（32頁）

はこべぐさ　三春　⇩蘩蔞（はこべ）（32頁）

うしはこべ　三春　⇩蘩蔞（同右）

あさしらげ　三春　⇩蘩蔞（同右）

桜草　さくらそう　さくらさう　晩春

川辺の原野や山間の湿地に自生し、園芸向けに栽培される。二〇センチほどの花茎に、淡紅色で桜の花弁に似た花をつける。

4音 **プリムラ**

6音 **常盤桜**（ときわざくら）　**乙女桜**（おとめざくら）　**楼桜**（やぐらざくら）　**化粧桜**（けしょうざくら）　**一花桜**（いちげざくら）

雛桜　ひなざくら　晩春　⇨桜草

州浜草　すはまそう　すはまさう　初春

山地に自生するキンポウゲ科の常緑多年草。雪割草とも呼ばれるが、サクラソウ科の雪割草とは別種。

6音 **雪割草**（ゆきわりそう）

三角草　みすみそう　みすみさう　初春　⇨州浜草

翁草　おきなぐさ　晩春

キンポウゲ科の野草。花は外側が白い毛で覆われ、内側は紅紫色。

4音 **ねこぐさ**

6音 **白頭翁**（はくとうおう）　**しゃぐまさいこ**

うばがしら　晩春　⇨翁草

ぜがいそう　ぜがいさう　晩春　⇨翁草

一花草　いちげそう　いちげさう　晩春　⇩一輪草（いちりんそう）（156頁）

二輪草　にりんそう　にりんさう　晩春

キンポウゲ科の野草。白い五弁花は一輪草（156頁）に似ているが、やや小ぶり。

鵝掌草 がしょうそう がしやうさう 晩春 ⇨二輪草

さいたずま 仲春 ⇩虎杖(いたどり)(75頁)

鉤蕨 かぎわらび 仲春 ⇩蕨(わらび)(32頁)

蕨汁 わらびじる 仲春 ⇩蕨(同右)

蕨飯 わらびめし 仲春 ⇩蕨(同右)

干蕨 ほしわらび 仲春 ⇩蕨(同右)

初蕨 はつわらび 仲春 ⇩蕨(同右)

老蕨 おいわらび 仲春 ⇩蕨(同右)

芹の水 せりのみず せりのみづ 仲春 ⇩芹(せり)(13頁)

根白草 ねじろぐさ 仲春 ⇩芹(同右)

芹を摘む せりをつむ 仲春 ⇩芹(同右)

例 手首まで濡らす流れの芹を摘む 高浜虚子

野蒜摘む のびるつむ 仲春 ⇩野蒜(のびる)(33頁)

いぬふぐり 初春

花は小さく空色。葉は卵形。欧州原産の帰化植物。

例 犬ふぐり星のまたたく如くなり 高浜虚子

例 いぬふぐり子どもに長き午後のあり 利普苑るな

6音 **ひょうたんぐさ いぬのふぐり**

7音 **おおいぬふぐり**

錨草 いかりそう いかりさう 晩春

メギ科の落葉多年草。淡紅紫色で錨形の花をつける。

垣通 かきどおし かきどほし 晩春

シソ科の多年草。蔓性の茎で薄紫色の小花をつける。

6音 **連銭草(れんせんそう) 疳取草(かんとりそう)**

馬蹄草 ばていさう 晩春 ⇨垣通

布袋草 ほていそう ほていさう 晩春 ⇩熊谷草(くまがいそう)(156頁)

えびね蘭 えびねらん 晩春 ⇩化偸草(えびね)(33頁)

藪えびね やぶえびね 晩春 ⇩化偸草(同右)

山えびね やまえびね 晩春 ⇩化偸草(同右)

金鳳花/金鳳華 きんぽうげ 晩春

日当たりのよい山野などに自生。茎は五〇センチほどになり、枝分かれした枝ごとに黄色の五弁花が咲く。

蛙の傘　ひきのかさ　晩春

7音 **うまのあしがた**

キンポウゲ科の多年草。関東以西の湿地に自生。黄色の五弁花をつける。

狐草　きつねぐさ　晩春　⇩二人静（157頁）

6音 **小金鳳華**

母子草　ははこぐさ　晩春

キク科の越年草。淡黄色の小花が房状につく。春の七草の御行（新年の季語）の別名。

3音 **ほうこ**

6音 **御形蓬**

鼠麴草　ほうこぐさ　晩春　⇨母子草

父子草　ちちこぐさ　晩春

キク科の多年草。細い葉の裏面や茎に白い綿毛が密生し、茶褐色の小花をつける。

蕗の薹　ふきのとう　ふきのたう　初春

蕗はキク科の多年草。その若い花茎。花が開かないうちに摘んで食用にし、苦味や香気を楽しむ。

例 水ぐるまひかりやまずよ蕗の薹　木下夕爾

4音 **蕗の芽**

7音 **蕗のしゅうとめ**

蕗の花　ふきのはな　初春　⇨蕗の薹

春の蕗　はるのふき　三春

蕗は花が終わるとハート形の葉を広げる。まだ薄緑色で柔らかいうちに摘んで、煮物や佃煮にする。

さしもぐさ　三春　⇩蓬（33頁）

蓬摘む　よもぎつむ　三春　⇩蓬（同右）

例 蓬摘み摘み了えどきがわからない　池田澄子

嫁萩　よめがはぎ　仲春　⇩嫁菜（33頁）

嫁菜摘む　よめなつむ　仲春　⇩嫁菜（同右）

しらはぐさ　仲春　⇩茅花（34頁）

茅花ぬく つばなぬく 仲春 ⇩茅花（同右）

髢草 かもじぐさ 晩春

イネ科の一年草。二〇センチほどの花穂が弓なりに曲がる。髢は女性の添え髪のこと。子どもが葉を束ねて髪を結う遊びをしたことからこの名。

4音 **雛草**（ひなぐさ）

鬘草 かつらぐさ 晩春 ⇨髢草

富貴草 ふっきそう ふつきさう 晩春

山地に群生する常緑多年草。淡黄緑色の小花が穂状に咲く。

吉字草 きちじそう きちじさう 晩春 ⇨富貴草

蝮蛇草 まむしぐさ 晩春

サトイモ科の多年草。紫褐色の仏炎苞（ぶつえんほう）を蛇に見立ててこの名。

6音 **山蒟蒻**（やまこんにゃく）

7音 **蛇の大八**（へびのだいはち）

雉蓆 きじむしろ 晩春

バラ科の多年草。花は黄色の五弁。

谷地坊主／野地坊主 やちぼうず やちばうず 三春

菅（すげ）が大株化したもの。人間の姿に見えることからこの名。釧路湿原でよく見られる。

沢漆 さわうるし さはうるし 晩春 ⇩燈台草（とうだいぐさ）（158頁）

水草生ふ みくさおう みくさおふ 仲春

池などに様々な水草が現れること。「水草の花」は夏の季語。

例 もやもやと石に影して水草生ふ　岸本尚毅

6音 **水草生ふ**（みずくさおう）

7音 **水草生ひ初む**（みくさおいそむ）

藻草生ふ もぐさおう もぐさおふ 仲春 ⇨水草生ふ

蓴生ふ ぬなわおう ぬなはおふ 仲春

蓴は蓴菜（じゅんさい）の和名。多年生の水草。粘質に覆われた幼茎・若葉を食用にする。

5音

6音　**蓴菜生ふ**（じゅんさいおう）

小水葱摘む　こなぎつむ　仲春　⇩小水葱（34頁）

例　見えて降る雨にもどりぬ小水葱摘　八田木枯

川高菜　かわたかな　かはたかな　三春　⇩クレソン（77頁）

水芥子　みずがらし　みづがらし　三春　⇩クレソン（同右）

蘆の角　あしのつの　仲春

湿地や水辺に生えるイネ科の多年草。水面から新芽が鋭く角（つの）のように出る。

4音　**蘆の芽**（あしのめ）　**蘆牙**（あしかび）　**蘆芽**（あしかめ）

6音　**角組む蘆**（つのくむあし）

蘆の錐　あしのきり　仲春　⇨蘆の角

蘆若葉　あしわかば　晩春

角（つの）のような蘆の新芽が伸びて若葉となる。

4音　**若蘆**（わかあし）

6音　**蘆の若葉**（あしのわかば）

荻の角　おぎのつの　をぎのつの　仲春

荻は湿地や水辺に生えるイネ科の多年草。葡匐根（ほふくね）の末端から芽が直立して伸びることから「角」と呼ぶ。

4音　**荻の芽**（おぎのめ）

6音　**角組む荻**（つのくむおぎ）

荻若葉　おぎわかば　をぎわかば　晩春

角のような荻の芽が育ち晩春には若葉を伸ばす。

4音　**若荻**（わかおぎ）

6音　**荻の二葉**（おぎのふたば）

真菰の芽　まこものめ　晩春

イネ科の多年草、真菰（夏の季語）の根茎から地上に出る芽。

6音　**芽張るかつみ**（めばるかつみ）

真菰生ふ　まこもおう　まこもおふ　晩春　⇨真菰の芽

かつみの芽　かつみのめ　晩春　⇨真菰の芽

花薊　はなあざみ　晩春　⇩薊（34頁）

眉つくり　まゆつくり　晩春　⇩薊（同右）

浜薊　はまあざみ　晩春　⇩薊（同右）

浜牛蒡　はまごぼう　はまごばう　晩春　⇩薊（同右）

菊苦菜　きくにがな　初春

花は薄青紫色。若葉はチコリ、アンディーブと呼ばれ、食用として売られる。

③音 **チコリ**

アンディーブ　初春　⇨菊苦菜

座禅草　ざぜんそう　ざぜんさう　晩春

サトイモ科の多年草。暗紫色の花弁を仏像の光背に見立てた命名。

達磨草　だるまそう　だるまさう　晩春　⇨座禅草

松露掻く　しょうろかく　晩春　⇩松露（しょうろ）（34頁）

松露掘る　しょうろほる　晩春　⇩松露（同右）

新和布　しんわかめ　三春　⇩和布（わかめ）（35頁）

和布刈　わかめかり　三春　⇩和布（同右）

和布刈る　わかめかる　三春　⇩和布（同右）

和布刈舟　めかりぶね　三春　⇩和布（同右）

和布刈竿　めかりざお　めかりざほ　三春　⇩和布（同右）

和布刈鎌　めかりがま　三春　⇩和布（同右）

和布干す　わかめほす　三春　⇩和布（同右）

和布売　わかめうり　三春　⇩和布（同右）

和布汁　わかめじる　三春　⇩和布（同右）

ひとつばね　三春　⇩搗布（かじめ）（35頁）

搗布刈る　かじめかる　三春　⇩搗布（同右）

搗布舟　かじめぶね　三春　⇩搗布（同右）

搗布干す　かじめほす　三春　⇩搗布（同右）

皺搗布　しわかじめ　晩春　⇩搗布（同右）

荒布舟　あらめぶね　晩春　⇩荒布（あらめ）（35頁）

荒布刈る　あらめかる　晩春　⇩荒布（同右）

荒布干す　あらめほす　晩春　⇩荒布（同右）

鹿尾菜刈る　ひじきかる　三春　⇩鹿尾菜（ひじき）（35頁）

鹿尾菜干す　ひじきほす　三春　⇩鹿尾菜（同右）

海雲採　もずくとり　三春　⇩海雲（もずく）（35頁）

海雲桶　もずくおけ　三春　⇩海雲（同右）

海雲汁　もずくじる　三春　⇩海雲（同右）

みるめ刈る　三春　⇩海松（みる）（14頁）

石蓴採　あおさとり　あをさとり　三春　⇩石蓴（あおさ）（36頁）

海府海苔　かいふのり　初春　⇩海苔（のり）（14頁）

6音の季語

6音 時候

初春月　はつはるづき　初春　⇩睦月（むつき）（15頁）

初空月　はつぞらづき　初春　⇩睦月（同右）

早緑月　さみどりづき　初春　⇩睦月（同右）

旧正月　きゅうしょうがつ　きうしやうぐわつ　初春

旧暦の正月。新暦では一月下旬から二月初め。

4音 **旧正**（きゅうしょう）

寒の戻り　かんのもどり　初春　⇩冴返る（さえかえる）（79頁）

残る寒さ　のこるさむさ　初春　⇩余寒（よかん）（15頁）

うりずん南風　うりずんばえ　初春　⇩うりずん（38頁）

獺の祭　おそのまつり　初春　⇩獺（かわうそ）魚（うお）を祭（まつ）る（181頁）

二月終る　にがつおわる　にぐわつをはる　初春　⇩二月尽（にがつじん）（80頁）

初花月　はつはなづき　仲春　⇩如月（きさらぎ）（38頁）

梅つさ月　うめつさづき　仲春　⇩如月（同右）

三月来る　さんがつくる　さんぐわつくる　仲春

例 三月来るナウマンゾウのように来る　神野紗希

倉庚鳴く　そうこうなく　さうかうなく　仲春

七十二候（中国）で三月一一日頃からの約五日間。倉庚は鶯の別名。

初朔日　はつついたち　仲春

二月一日のこと。一年で最初の朔日（月の最初の日）。

8音 **太郎**（たろう）**の朔日**（ついたち）　**次郎**（じろう）**の朔日**（ついたち）

彼岸太郎　ひがんたろう　ひがんたらう　仲春　⇩彼岸（ひがん）（16頁）

終い彼岸　しまいひがん　しまひひがん　仲春　⇩彼岸（同右）

彼岸ばらひ　ひがんばらい　ひがんばらひ　仲春　⇩彼岸（同右）

彼岸団子　ひがんだんご　仲春　⇩彼岸（同右）

㊀例 茶を点（た）てて彼岸団子を喜ばす　後藤比奈夫

社日詣　しゃにちもうで　しゃにちまうで　仲春　⇩春社（しゅんしゃ）（16頁）

社翁の雨　しゃおうのあめ　仲春　⇩春社（同右）

三月尽　さんがつじん　さんぐわつじん　仲春

三月が終わること。

7音 三月終（さんがつお）わる

三月尽く　さんがつつく　仲春　⇨三月尽

春の終り　はるのおわり　はるのをはり　晩春　⇩晩春（ばんしゅん）（39頁）

さはなき月　晩春　⇩弥生（やよい）（16頁）

清明節　せいめいせつ　晩春　⇩清明（せいめい）（39頁）

春の朝日　はるのあさひ　三春　⇩春の日（39頁）

春の夕日　はるのゆうひ　はるのゆふひ　三春　⇩春の日（同右）

春の入日　はるのいりひ　三春　⇩春の日（同右）

春の夜明　はるのよあけ　三春　⇩春暁（しゅんぎょう）（39頁）

春あかとき　三春　⇩春暁（同右）

春の朝明　はるのあさけ　三春　⇩春暁（同右）

春の夕べ　はるのゆうべ　はるのゆふべ　三春　⇩春の夕（はるのゆう）（81頁）

春日遅々　しゅんじつちち　三春　⇩遅日（ちじつ）（17頁）

めかる蛙　めかるかわず　めかるかはづ　晩春　⇩蛙（かわず）の目借（めか）り時（どき）（179頁）

春闌　はるたけなわ　はるたけなは　晩春　⇩春深（はるふか）し（82頁）

春の暑さ　はるのあつさ　晩春　⇩春暑（はるあつ）し（82頁）

春の名残　はるのなごり　晩春　⇩行（ゆ）く春（はる）（41頁）

春のかたみ　はるのかたみ　晩春　⇩行く春（同右）

春の行方　はるのゆくえ　晩春　⇩行く春（同右）

春の別れ　はるのわかれ　晩春　⇩行く春（同右）

春を送る　はるをおくる　晩春　⇩行く春（同右）

春を惜しむ　はるをおしむ　はるををしむ　晩春　⇩春惜しむ（82頁）

夏近づく　なつちかづく　晩春　⇩夏近し（83頁）

四月終る　しがつおわる　しぐわつをはる　晩春　⇩四月尽（しがつじん）（83頁）

6音　天文

春の日和　はるのひより　三春　⇩春日和（83頁）

春の光　はるのひかり　三春　⇩春光（41頁）

春満月　はるまんげつ　三春　⇩春の月（83頁）

例　初恋のあとの永生き春満月　池田澄子

春三日月　はるみかづき　三春　⇩春の月（同右）

朧月夜　おぼろづきよ　三春

比良八荒　ひらはっこう　ひらはつくわう　仲春

三月下旬に比良山（滋賀県）から琵琶湖に吹く強風。

7音　比良の八荒　八講の荒れ

春一番　はるいちばん　初春

春先に吹く南寄りの強風。北海道、東北、沖縄以外で使われる語。吹くと、毎年、気象庁から発表がある。

5音　春二番

春三番　はるさんばん　初春　⇨春一番

風やはらか　三春　⇩風光る（84頁）

春突風　はるとっぷう　三春　⇩春疾風（85頁）

春烈風　はるれっぷう　三春　⇩春疾風（同右）

砂塵嵐　さじんあらし　三春　⇩春塵（43頁）

春雨傘　はるさめがさ　三春　⇩春雨（43頁）

春夕立　はるゆうだち　はるゆふだち　晩春　⇩春驟雨（85頁）

春の時雨　はるのしぐれ　三春　⇩春時雨（85頁）

かたびら雪　三春　⇩淡雪（44頁）

だんびら雪　三春　⇩淡雪（同右）

名残の雪　なごりのゆき　仲春　⇩雪の果（86頁）

雪の名残　ゆきのなごり　仲春　⇩雪の果（同右）

雪の終り　ゆきのおわり　ゆきのおはり　仲春　⇩雪の果（同右）

雪の別れ　ゆきのわかれ　仲春　⇩雪の果（同右）

春の霙　はるのみぞれ　三春

4音　春霰

5音　春霙　春霰

春の霰 はるのあられ 三春 ⇨春の霙

名残の霜 なごりのしも 晩春 ⇩忘れ霜(86頁)

霜の別れ しものわかれ 晩春 ⇨忘れ霜(同右)

霞の海 かすみのうみ 三春 ⇩霞(18頁)

霞の浪 かすみのなみ 三春 ⇩霞(同右)

霞の沖 かすみのおき 三春 ⇩霞(同右)

霞の帯 かすみのおび 三春 ⇩霞(同右)

霞の袖 かすみのそで 三春 ⇩霞(同右)

霞の網 かすみのあみ 三春 ⇩霞(同右)

霞隠れ かすみがくれ 三春 ⇩霞(同右)

霞の空 かすみのそら 三春 ⇩霞(同右)

霞の谷 かすみのたに 三春 ⇩霞(同右)

霞の奥 かすみのおく 三春 ⇩霞(同右)

霞の底 かすみのそこ 三春 ⇩霞(同右)

霞渡る かすみわたる 三春 ⇩霞(同右)

鰊曇 にしんぐもり 晩春

北海道に鰊の群れが来る頃の曇り空。

5音 **鰊空**

陽炎燃ゆ かげろうもゆ かげろふもゆ 三春 ⇩陽炎(44頁)

春夕焼 はるゆうやけ はるゆふやけ 三春

「夕焼」は夏の季語。

5音 **春夕焼** **春茜**

7音 **春の夕焼**

6音 地理

春の渚 はるのなぎさ 三春 ⇩春の海(88頁)

苗代じめ なわしろじめ なはしろじめ 晩春 ⇩苗代(45頁)

苗代粥 なわしろがゆ なはしろがゆ 晩春 ⇩苗代(同右)

苗代水 なわしろみず なはしろみづ 晩春 ⇩苗代(同右)

苗代道 なわしろみち なはしろみち 晩春 ⇩苗代(同右)

苗代時 なわしろどき なはしろどき 晩春 ⇩苗代(同右)

土現る つちあらわる つちあらはる 三春 ⇩春の土(89頁)

雪の絶間　ゆきのたえま　仲春　⇩雪間（ゆきま）（19頁）
雪解畠　ゆきげばたけ　仲春　⇩雪解（ゆきげ）（19頁）
雪解雫　ゆきげしずく　ゆきげしづく　仲春　⇩雪解（同右）
残る氷　のこるこおり　のこるこほり　初春　⇩薄氷（うすらい）（47頁）
春の氷　はるのこおり　はるのこほり　初春　⇩薄氷（同右）
流氷盤　りゅうひょうばん　仲春　⇩流氷（りゅうひょう）（47頁）
氷流る　こおりながる　こほりながる　仲春　⇩流氷（同右）

6音　生活

花見衣　はなみごろも　晩春　⇩花衣（はなごろも）（91頁）
花見小袖　はなみこそで　晩春　⇩花衣（同右）
花の袂　はなのたもと　晩春　⇩花衣（同右）
花見衣裳　はなみいしょう　はなみいしやう　晩春　⇩花衣（同右）
柳重　やなぎがさね　晩春
襲（かさね）（生地の表裏の色の配合）の一つ。表が白、裏が青。

7音 ⇨ **花柳衣**（はなやぎごろも）　**青柳衣**（あおやぎごろも）
柳衣　やなぎごろも　晩春　⇨柳重
柳のきぬ　やなぎのきぬ　晩春　⇨柳重
桜衣　さくらごろも　晩春
襲（かさね）（生地の表裏の色の配合）の一つ。表が白、裏が紫。
桜重　さくらがさね　晩春　⇨桜衣
春の着物　はるのきもの　三春　⇩春服（しゅんぷく）（47頁）
外套脱ぐ　がいとうぬぐ　ぐわいたうぬぐ　仲春
5音 ⇨ **コート脱ぐ**
春外套　はるがいとう　はるぐわいたう　三春
5音 ⇨ **春コート**（はる）
合オーバー　三春　⇨春外套
春マフラー　三春　⇩春ショール（91頁）
春セーター　三春
春手袋　はるてぶくろ　三春
5音 ⇨ **春手套**（はるしゅとう）

6音

春の日傘　はるのひがさ　晩春　⇩春日傘（91頁）

春パラソル　晩春　⇩春日傘（同右）

菜の花漬　なのはなづけ　仲春　⇩花菜漬（91頁）

山椒味噌　さんしょうみそ　三春　⇩木の芽味噌（91頁）

山椒和　さんしょうあえ　さんせうあへ　三春　⇩木の芽和（92頁）

田楽焼　でんがくやき　仲春　⇩田楽（47頁）

田楽刺　でんがくざし　仲春　⇩田楽（同右）

叩き膾　たたきなます　三春　⇩鮒膾（92頁）

子守膾　こもりなます　三春　⇩鮒膾（同右）

子持膾　こもちなます　三春　⇩鮒膾（同右）

ちりめんじゃこ　三春　⇩白子干（92頁）

目刺鰯　めざしいわし　三春　⇩目刺（19頁）

鶯餅　うぐいすもち　うぐひすもち　仲春

色や形を鶯に似せた餅菓子。餡を餅または求肥で包み、青きなこをまぶす。

例　鶯餅ひとかどの粉こぼせしよ　藤田湘子

例　うぐひす餅輪ゴムに閉づるとき震へ　黒岩徳将

例　街の雨鶯餅がもう出たか　富安風生

白酒売　しろざけうり　仲春　⇩白酒（48頁）

白魚飯　しらうおめし　しらうをめし　初春　⇩白魚（63頁）

白魚鍋　しらうおなべ　しらうをなべ　初春　⇩白魚（同右）

味噌豆煮る　みそまめにる　初春

味噌を作るため大豆を煮ること。よく煮た大豆をつぶして絞ったあと、吊るして乾燥させるために丸く固めたものが「味噌玉」。

4音　**味噌玉**

数の子干す　かずのこほす　晩春　⇩数の子作る（162頁）

新数の子　しんかずのこ　晩春　⇩数の子作る（同右）

春の障子　はるのしょうじ　はるのしやうじ　三春　⇩春障子（93頁）

春の炬燵　はるのこたつ　三春　⇩春炬燵（93頁）

春の暖炉　はるのだんろ　三春　⇩春暖炉（93頁）

炬燵塞ぐ　こたつふさぐ　晩春

炬燵をしまうこと。昔は掘炬燵なので「塞ぐ」。

7音 **炬燵（こたつ）の名残（なごり）**

暖炉納む　だんろおさむ　晩春

7音 **ストーブ除（のぞ）く**

暖炉外す　だんろはずす　晩春　⇨暖炉納む

雪垣解く　ゆきがきとく　仲春　⇩雪囲（ゆきがこい）とる（162頁）

雪除とる　ゆきよけとる　仲春　⇩雪囲とる（同右）

雪吊解く　ゆきづりとく　仲春　⇩雪囲とる（同右）

霜除とる　しもよけとる　晩春

野菜や果樹を霜害から守るために敷いていた藁を取り去ること。

7音 **霜囲（しもがこい）とる**

霜除解く　しもよけとく　晩春　⇨霜除とる

スキーしまふ　晩春

物種蒔く　ものだねまく　仲春

野菜・草花の種の総称。単に種蒔（たねまき）（50頁）は元来は籾を蒔くこと。

花種蒔く　はなだねまく　仲春　⇨物種蒔く

睡蓮植う　すいれんうう　仲春

蒟蒻植う　こんにゃくうう　晩春

馬鈴薯植う　じゃがいもうう　仲春

10音 **馬鈴薯の種おろし**　じゃがいものたねおろし　仲春

馬鈴薯植う　ばれいしょうう　⇨馬鈴薯植う

里芋植う　さといもうう　仲春　⇩芋（いも）植う（51頁）

南瓜蒔く　とうなすまく　仲春　⇩南瓜（かぼちゃ）蒔く（94頁）

ぼうぶら蒔く　ぼうぶらまく　仲春　⇩南瓜蒔く（同右）

桑摘唄　くわつみうた　くはつみうた　晩春　⇩桑摘（52頁）

団扇作る　うちわつくる　うちはつくる　三春

夏に使う団扇の製造。春が繁忙期なので春の季語に。

5音 **団扇（うちわ）張る**　**扇（おうぎ）張る**　**扇（おうぎ）干す**

花見の席　はなみのせき　晩春　⇩花筵（はなむしろ）（97頁）

花毛氈　はなもうせん　晩春　⇩花筵（同右）

花雪洞　はなぼんぼり　晩春　⇩花篝（はなかがり）（97頁）

花の主　はなのあるじ　晩春　⇩花守（はなもり）（53頁）

花見疲れ　はなみづかれ　晩春　⇩花疲れ（97頁）

ボートレース　晩春

4音 **競漕（きょうそう）　レガッタ**

競漕会　きょうそうかい　きやうさうかい　晩春　⇨ボートレース

猟期終る　りょうきおわる　れふきをはる　晩春

法律で定められた狩猟期間が終わること。

5音 **猟名残（りょうなごり）**

7音 **銃猟停止（じゅうりょうていし）**

名残の猟　なごりのりょう　なごりのれふ　晩春　⇨猟期終る

凧合戦　たこがっせん　三春　⇩凧（たこ）（9頁）

ばらもん凧　ばらもんだこ　三春　⇩凧（同右）

紙風船　かみふうせん　三春　⇩風船（ふうせん）（53頁）

例 息足して紙風船の角失せし　山田弘子

ゴム風船　三春　⇩風船（同右）

例 世間虚仮（せけんこけ）ゴム風船が降りてくる　池田澄子

風船玉　ふうせんだま　三春　⇩風船（同右）

風船売　ふうせんうり　三春　⇩風船（同右）

鶯笛　うぐいすぶえ　うぐひすぶえ　初春

鶯の鳴き声に似た音色を出す竹製の笛。もとは鶯合せ（うぐいすあわせ）（163頁）の練習用だったが、飾りに小さな鶯の形を付けるなどして玩具として楽しまれるようになった。

駒鳥笛　こまどりぶえ　三春

駒鳥を鳴かせるのに使う竹製の笛。

雁瘡癒ゆ　がんがさいゆ　三春

秋に雁が渡ってくる頃できるとされる湿疹が春になって治ること。

例 みづうみの濁り雁瘡癒ゆる頃　茨木和生

植疱瘡　うえぼうそう　うゑばうさう　晩春　⇩種痘（しゅとう）（22頁）

春の眠り　はるのねむり　三春　⇩春眠（54頁）

春の愁ひ　はるのうれい　三春　⇩春愁（54頁）

例 孔雀よりはじまる春の愁かな　藤田湘子

春の恨み　はるのうらみ　三春　⇩春愁（同右）

卒業式　そつぎょうしき　そつげふしき　仲春　⇩卒業（55頁）

卒業生　そつぎょうせい　そつげふせい　仲春　⇩卒業（同右）

年度替り　ねんどがわり　仲春　⇩春休（98頁）

入学式　にゅうがくしき　にふがくしき　仲春　⇩入学（55頁）

新入生　しんにゅうせい　しんにふせい　仲春　⇩入学（同右）

一年生　いちねんせい　仲春　⇩入学（同右）

6音　行事

建国の日　けんこくのひ　仲春　⇩建国記念日（175頁）

建国祭　けんこくさい　仲春　⇩建国記念日（同右）

天長節　てんちょうせつ　てんちやうせつ　晩春　⇩昭和の日（99頁）

春分の日　しゅんぶんのひ　仲春

国民の祝日。三月二〇日から二一日頃。

例 春分の日なり雨なり草の上　林翔

二月礼者　にがつれいじゃ　にぐわつれいじや　初春

正月に年始ができなかった人が二月一日に挨拶に回ること。

寒食節　かんしょくせつ　仲春　⇩寒食（55頁）

桃の節句　もものせつく　晩春

上巳（五節句の一つ）の旧暦三月三日は桃が咲く頃のため桃の節句と呼ばれる。

例 名画座の灯れる桃の節句かな　竹岡一郎

5音 **桃の日**

7音 **三月節句**　**弥生の節句**

桃花の節　とうかのせつ　晩春　⇨桃の節句

雛の節句　ひなのせつく　晩春　⇨桃の節句

雛の遊び　ひなのあそび　仲春　⇩雛祭（99頁）

雛人形　ひなにんぎょう　ひなにんぎやう　仲春　⇩雛祭（同右）

五人囃子　ごにんばやし　仲春　⇩雛祭（同右）

鶏の蹴合い　とりのけあい　とりのけあひ　晩春　⇩鶏合せ（とりあわせ）（100頁）

伊勢参宮　いせさんぐう　三春　⇩伊勢参（いせまいり）（100頁）

お陰参　おかげまいり　おかげまゐり　三春　⇩伊勢参（同右）

労働祭　ろうどうさい　らうどうさい　晩春　⇩メーデー（56頁）

労働節　ろうどうせつ　らうどうせつ　晩春　⇩メーデー（同右）

入社試験　にゅうしゃしけん　にふしやしけん　晩春　⇩新社員（98頁）

例　入社試験大きな声を出して来し　西村麒麟

三月場所　さんがつばしょ　さんぐわつばしよ　仲春　⇩春場所（はるばしょ）（53頁）

大阪場所　おおさかばしょ　おほさかばしよ　仲春　⇩春場所（同右）

都踊　みやこおどり　みやこをどり　晩春

四月一日～三〇日、京都の祇園甲部歌舞練場（ぎおんこうぶかぶれんじょう）で催される歌舞。祇園の舞妓・芸妓による。

御燈祭　おとうまつり　初春

二月六日。神倉神社（和歌山県新宮市）の例大祭。

鳥羽火祭　とばひまつり　初春

二月第二日曜日。鳥羽神社（愛知県西尾市）の神事。

一夜官女　いちやかんじょ　いちやくわんぢよ　初春

二月二〇日。野里（のざと）住吉神社（大阪市）の祭礼に参加する少女。

祭頭祭　さいとうさい

三月九日。鹿島神社（茨城県鹿嶋市）の祭礼。

春日祭　かすがまつり　仲春

三月一三日。春日大社（奈良市）の祭礼。

どろめ祭　どろめまつり　仲春

四月最終日曜日。高知県香南市の浜で行われる祭礼。「どろめ」は鰯などの稚魚のこと。

麦穂祭　むぎほまつり　仲春
旧暦二月一五日。沖縄県で行われる豊穣祈願の祭礼。

龍田祭　たつたまつり　晩春
四月四日。龍田大社（奈良県三郷町）の例大祭。

御頭祭　おんとうさい　晩春
四月一五日。諏訪大社（長野県諏訪市）の祭礼。

稲荷祭　いなりまつり　晩春
四月二〇日に最も近い日曜日。稲荷大社（京都市）の祭礼。

先帝祭　せんていさい　晩春
五月二日～四日。赤間神社（山口県下関市）の祭礼。

彼岸詣　ひがんもうで　ひがんまうで　仲春　⇩彼岸会（57頁）

彼岸参　ひがんまいり　ひがんまゐり　仲春　⇩彼岸会（同右）

彼岸団子　ひがんだんご　仲春　⇩彼岸会（同右）

善根宿　ぜんこんやど　三春　⇩遍路（24頁）

四国巡　しこくめぐり　三春　⇩遍路（同右）

浴仏盆　よくぶつぼん　晩春　⇩花御堂（102頁）

天道花　てんどうばな　晩春　⇩花御堂（同右）

弘法さん　こうぼうさん　こうぼふさん　晩春　⇩御影供（57頁）

壬生念仏　みぶねんぶつ　晩春
四月二九日～五月五日、京都・壬生寺の大念仏法要。
4音 **壬生祭**
5音 **壬生踊**

壬生狂言　みぶきょうげん　みぶきやうげん　晩春　⇨壬生念仏

復活祭　ふっかつさい　ふくくわつさい　晩春
キリスト復活を祝う祭事。年によって日付が変わり、三月下旬～四月のいずれかの日曜日。彩色した卵（イースターエッグ）が知られる。
例 カステラに沈むナイフや復活祭　片山由美子
5音 **イースター**
8音 **イースターエッグ**

復活節　ふっかつせつ　ふつくわつせつ　晩春　⇨復活祭

河豚放生　ふぐほうじょう　ふぐはうじやう　晩春　⇩河豚（ふぐ）供養（くよう）（100頁）

光太郎忌　こうたろうき　くわうたらうき　晩春
四月二日。彫刻家・高村光太郎（一八八三〜一九五六年）の忌日。

6音　動物

獣交る　けものさかる　三春
4音　**種つけ**（たね）　**種馬**（たねうま）　**種牛**（たねうし）

獣つるむ　けものつるむ　三春　⇨獣交る

お玉杓子　おたまじゃくし　晩春
例　あるときはおたまじやくしが雲の中　飯田龍太
2音　**蝌蚪**（かと）
3音　**数珠子**（じゅずこ）
5音　**蛙の子**（かわずこ）　**蝌蚪の水**（かとのみず）　**蝌蚪の紐**（かとのひも）

蛙生る　かえるうまる　かへるうまる　晩春　⇨お玉杓子

初鶯　はつうぐいす　はつうぐひす　三春　⇩鶯（61頁）

春告鳥　はるつげどり　三春　⇩鶯（同右）

菊戴　きくいただき　三春
ウグイス科の小鳥。
5音　**松毟鳥**（まつむしり）

雉のほろろ　きじのほろろ　三春　⇩雉（きじ）（9頁）

山椒喰　さんしょうくい　さんせうくひ　晩春
スズメ目の鳥。後頭部が黒く背は灰色、額と腹が白い。

雁の別れ　かりのわかれ　仲春　⇩雁帰る（かりかえる）（108頁）

名残の雁　なごりのかり　仲春　⇩雁帰る（同右）

鳥の卵　とりのたまご　晩春
4音　**抱卵**（ほうらん）
5音　**抱卵期**（ほうらんき）

孕み雀　はらみすずめ　仲春

子持雀　こもちすずめ　仲春　⇨孕み雀

乗込鯛　のっこみだい　晩春　⇩桜鯛（さくらだい）（109頁）

大羽鰯　おおばいわし　おほばいわし　三春　⇩春鰯（はるいわし）（109頁）

走り鰊　はしりにしん　晩春　⇩鰊（にしん）（25頁）

鮊子干す　いかなごほす　晩春　⇩鮊子（いかなご）（63頁）

柳諸子　やなぎもろこ　三春　⇩諸子（もろこ）（26頁）

桜鯎　さくらうぐい　さくらうぐひ　晩春

鯎はコイ科の淡水魚。産卵期で赤みの出たもの。

鮒の巣立ち　ふなのすだち　晩春　⇩初鮒（はつぶな）（64頁）

乗込鮒　のっこみぶな　晩春

産卵のために小川や田の浅瀬に寄り集まる鮒。

5音 **春の鮒**（はるのふな）

かみそりうお　かみそりうを　晩春　⇩銀宝（ぎんぽ）（25頁）

雪代鱒　ゆきしろます　仲春　⇩雪代山女（ゆきしろやまめ）（165頁）

蛤鍋　はまぐりなべ　三春　⇩蛤（はまぐり）（64頁）

蒸蛤　むしはまぐり　三春　⇩蛤（同右）

焼蛤　やきはまぐり　三春　⇩蛤（同右）

千年貝　せんねんがい　せんねんがひ　三春　⇩常節（とこぶし）（65頁）

剃刀貝　かみそりがい　かみそりがひ　三春　⇩馬刀貝（まてがい）（65頁）

おおとり貝　おほとりがひ　三春　⇩馬珂貝（ばかがい）（65頁）

潮招　うしおまねき　三春　⇩望潮（しおまねき）（112頁）

やどかり売　三春　⇩寄居虫（やどかり）（66頁）

磯巾着　いそぎんちゃく　三春

例 磯巾着小石あつめて眠りゐる　大石雄鬼

例 天上にちちはは磯巾着ひらく　鳥居真里子

紋白蝶　もんしろちょう　三春　⇩蝶（10頁）

例 キッチンにもんしろてふが落ちてゐる　髙柳克弘

浅黄斑蝶　あさぎまだら　三春　⇩蝶（同右）

足長蜂　あしながばち　三春　⇩蜂（はち）（11頁）

例 戸袋へ足長蜂と戸が入る　大石雄鬼

働蜂　はたらきばち　三春　⇩蜂（同右）

6音　植物

青竜梅　せいりゅうばい　初春　⇩梅（うめ）（11頁）

残雪梅　ざんせつばい　初春　⇩梅（同右）

残月梅　ざんげつばい　初春　⇩梅（同右）

鶯宿梅　おうしゅくばい　あうしゆくばい　初春　⇩梅（同右）

梅の主　うめのあるじ　初春　⇩梅（同右）

薄紅梅　うすこうばい　初春　⇩紅梅（こうばい）（67頁）

一重椿　ひとえつばき　ひとへつばき　三春　⇩椿（つばき）（27頁）

乙女椿　おとめつばき　をとめつばき　三春　⇩椿（同右）

彼岸桜　ひがんざくら　仲春

染井吉野（そめいよしの）よりも早い時期に咲く。

5音　**姥彼岸**（うばひがん）　**立彼岸**（たちひがん）

東彼岸　あずまひがん　あづまひがん　仲春　⇨彼岸桜

枝垂桜　しだれざくら　仲春

例　まさをなる空よりしだれざくらかな　富安風生

5音　**糸桜**（いとざくら）　**紅枝垂**（べにしだれ）

しだり桜　しだりざくら　仲春　⇨枝垂桜

枝垂彼岸　しだれひがん　仲春　⇨枝垂桜

染井吉野　そめいよしの　晩春　⇩桜（28頁）

深山桜　みやまざくら　晩春　⇩桜（同右）

牡丹桜　ぼたんざくら　晩春　⇩桜（同右）

茶碗桜　ちゃわんざくら　晩春　⇩桜（同右）

丁字桜　ちょうじざくら　ちやうじざくら　晩春　⇩桜（同右）

目白桜　めじろざくら　晩春　⇩桜（同右）

しをり桜　しおりざくら　晩春　⇩桜（同右）

桜月夜　さくらづきよ　晩春　⇩桜（同右）

桜の園　さくらのその　晩春　⇩桜（同右）

花の都　はなのみやこ　晩春　⇩桜（同右）

花の名残　はなのなごり　晩春　⇩桜（同右）

吉野桜　よしのざくら　晩春　⇩山桜（やまざくら）（115頁）

桜吹雪　さくらふぶき　晩春　⇩落花（らっか）（28頁）

名残の花　なごりのはな　晩春　⇩残花（ざんか）（28頁）

残る桜　のこるさくら　晩春　⇩残花（同右）

蘇芳の花　すおうのはな　すはうのはな　晩春　⇩花蘇芳（はなずおう）（116頁）

小梨の花　こなしのはな　晩春　⇩山梨(やまなし)の花(はな)（168頁）

山木蓮　やまもくれん　仲春　⇩辛夷(こぶし)（28頁）

やまあららぎ　仲春　⇩辛夷（同右）

田打桜　たうちざくら　仲春　⇩辛夷（同右）

日向水木　ひゅうがみずき　仲春　⇩土佐水木(とさみずき)（116頁）

花海棠　はなかいどう　晩春　⇩海棠(かいどう)（68頁）

四季咲薔薇　しきざきばら　晩春　⇩長春花(ちょうしゅんか)（117頁）

庚申薔薇　こうしんばら　晩春　⇩長春花（同右）

山桜桃の花　ゆすらのはな　晩春

バラ科の落葉低木。新葉と同時に開く花は梅に似て淡紅色。

5音　**花(はな)ゆすら**

8音　**梅桜(ゆすらうめ)の花(はな)**　**英桃(ゆすらうめ)の花(はな)**

こうめの花　晩春　⇩郁李(にわうめ)の花(はな)（166頁）

青木の花　あおきのはな　あをきのはな　晩春

若枝と葉が青いため、この名が付いた。花は紫褐色の小さな四弁花。

馬酔木の花　あしびのはな　晩春

庭木や盆栽に多い。白い壺状の花が垂れて咲く。

3音　**あせび**

5音　**花馬酔木(はなあしび)**　**馬酔木咲く(あしびさく)**

メイフラワー　晩春　⇩山査子(さんざし)の花(はな)（167頁）

小米桜　こごめざくら　晩春　⇩雪柳(ゆきやなぎ)（117頁）

白木蓮　はくもくれん　仲春　⇩木蓮(もくれん)（69頁）

白山吹　しろやまぶき　晩春　⇩山吹(やまぶき)（69頁）

八重山吹　やえやまぶき　やへやまぶき　晩春　⇩山吹（同右）

面影草　おもかげぐさ　晩春　⇩山吹（同右）

源平桃　げんぺいもも　晩春　⇩桃(もも)の花(はな)（118頁）

李の花　すもものはな　晩春

バラ科の落葉高木。花は白く五弁。桃の花に遅れて咲く。巴旦杏は改良種。「李」は夏の季語。

2音　**李花(りか)**

5音 **李散る**

8音 **巴旦杏の花**

杏の花　あんずのはな　晩春

杏はバラ科の落葉高木。白または淡紅色で五弁花。梅の花に似ているが、やや大ぶり。果樹として観賞用として栽培される。

例 一村は杏の花に眠るなり　星野立子

5音 **杏散る**　**花杏**

7音 **からももの花**

林檎の花　りんごのはな　晩春

林檎はバラ科の落葉高木。数個ずつ寄り合って開く五弁花の白色と蕾の紅色がぼかしのように見える。

5音 **花林檎**

榠樝の花　くわりんのはな　かりんのはな　晩春

落葉高木の果樹。淡紅色の五弁花が新葉とともに開く。

4音 **メドラー**

7音 **からぼけの花**　**西洋榠樝**

甘橙　あまだいだい　三春　⇩ネーブル（70頁）

八朔柑　はっさくかん　三春

4音 **八朔**

三宝柑　さんぽうかん　三春

達磨蜜柑　だるまみかん　三春　⇨三宝柑

宝莱柑　ほうらいかん　三春　⇨三宝柑

春の林　はるのはやし　三春　⇩春林（70頁）

例 粗密ある春の林の粗を歩く　生駒大祐

松の緑　まつのみどり　晩春　⇩若緑（119頁）

芽ばり柳　めばりやなぎ　仲春　⇩柳の芽（119頁）

山椒の芽　さんしょうのめ　さんせうのめ　仲春

春の新芽は香りが強く木の芽和えや木の芽味噌などに用いる。

枝垂柳　しだれやなぎ　晩春　⇩柳（30頁）

樝子の花　しどみのはな　晩春

バラ科の落葉小低木。花は紅色で木瓜に似た五弁。

7音 草木瓜の花

松の花粉 まつのかふん まつのくわふん 晩春 ⇩松の花（120頁）

杉の花粉 すぎのかふん すぎのくわふん 晩春 ⇩杉の花（120頁）

銀杏の花 いちょうのはな いてふのはな 晩春

雌雄異株。緑色の雌花と薄黄色の雄花が別の枝につく。

5音 花銀杏

7音 ぎんなんの花

8音 公孫樹の花

楓の花 かえでのはな かへでのはな 晩春

楓はムクロジ科の落葉高木の総称。花は小さく、色は暗紅色や黄緑色など品種によって様々。

5音 花楓 もみじ咲く

かんばの花 晩春 ⇩白樺の花（168頁）

柳の花 やなぎのはな 仲春 ⇩柳絮（30頁）

花簪 はなかんざし 仲春

キク科の一年草。茎の先に白い多弁花をつける。

5音 ローダンセ

ヘリプテラム 仲春 ⇨花簪

瑠璃蝶々 るりちょうちょう るりてふてふ 晩春 ⇩ロベリア（71頁）

もみぢ苺 もみじいちご 晩春 ⇩木苺の花（168頁）

下り苺 さがりいちご 晩春 ⇩木苺の花（同右）

梓の花 あずさのはな あづさのはな 晩春

カバノキ科の落葉高木。雌雄同株。雌花は緑色の円柱形、雄花は黄褐色の花穂をつける。

5音 花梓

10音 よぐそみねばりの花

木五倍子の花 きぶしのはな 仲春

キブシ科の落葉小高木。淡黄色の小さな鐘形の花を多数つける。

楮の花　こうぞのはな　かうぞのはな　晩春

和紙の材料となる楮はクワ科の落葉低木。雌雄同株。雄花は黄白色、雌花は紫色。

5音 **かぞの花**(はな)　**かずの花**(はな)

7音 **こぞの木**(き)**の花**(はな)　**かみの木**(き)**の花**(はな)

一位の花　いちいのはな　いちゐのはな　晩春

イチイ科の常緑高木。細い葉の付け根に黄色い小花をつける。

3音 **おんこ**

4音 **あららぎ**

樒の花　しきみのはな　晩春

樒は葉に強い香りがあり抹香の原料。仏前に供えることも多い。花は淡黄色で、多数の細い花弁をもつ。

4音 **はなしば**　**はなの木**(き)

5音 **花樒**(はなしきみ)

7音 **莽草**(しきそう)**の花**(はな)　**こうの木**(き)**の花**(はな)

通草の花／木通の花／丁翁の花　あけびのはな　晩春

山地に自生する蔓性落葉低木。花は紫色。

5音 **花通草**(はなあけび)　**通草**(あけび)**咲く**

7音 **山女**(やまひめ)**の花**(はな)

あけびかずら　あけびかづら　晩春　⇨通草の花

三葉通草　みつばあけび　晩春　⇨通草の花

常盤通草　ときわあけび　ときはあけび　晩春　⇩郁子(むべ)の花(はな)（121頁）

柏落葉　かしわおちば　かしはおちば　仲春

ブナ科の落葉高木。秋に枯れた葉は、春、新芽が出る頃に散る。

5音 **柏散る**(かしわち)

春筍　はるたけのこ　晩春　⇩春(はる)の筍(たけのこ)（170頁）

春の落葉　はるのおちば　晩春　⇩春落葉(はるおちば)（122頁）

浜簪　はまかんざし　仲春

イソマツ科の多年草。花は小さく桃色。海辺の草地などに自生。

5音 **アルメリア**

7音 **松葉簪**（まつばかんざし）

香菫　においすみれ　にほひすみれ　三春

欧州原産の園芸種スイート・バイオレットのほか、香気のある自生の菫も含めてこう呼ぶ。

5音 **山菫**（やますみれ）

バイオレット　三春　⇨香菫

節分草　せつぶんそう　せつぶんさう　初春

キンポウゲ科の多年草。関東以西に自生する日本固有種。花は茎先につき白色で二裂。

早生口紅　わせくちべに　晩春　⇩口紅水仙（くちべにすいせん）（177頁）

紫羅欄花　あらせいとう　晩春　⇩ストック（71頁）

鯛釣草　たいつりそう　たいつりさう　晩春　⇩華鬘草（けまんそう）（122頁）

華鬘牡丹　けまんぼたん　晩春　⇩華鬘草（同右）

長命菊　ちょうめいぎく　三春　⇩雛菊（ひなぎく）（71頁）

延命菊　えんめいぎく　三春　⇩雛菊（同右）

花春菊　はなしゅんぎく　晩春　⇩花輪菊（はなわぎく）（122頁）

唐金盞　とうきんせん　たうきんせん　晩春　⇩金盞花（きんせんか）（122頁）

金盞草　きんせんそう　きんせんさう　晩春　⇩金盞花（同右）

勿忘草／忘れな草　わすれなぐさ　晩春　⇩金盞花（同右）

忘るな草　わするなぐさ　晩春　⇩金盞花（同右）

貝母の花　ばいものはな　仲春

ユリ科の球根植物。花は淡い黄緑色で釣鐘状の六弁花。

4音 **春百合**（はるゆり）　**初百合**（はつゆり）　**母栗**（ははくり）

編笠百合　あみがさゆり　仲春　⇨貝母の花

白妙菊　しろたえぎく　しろたへぎく　晩春　⇩シネラリア（123頁）

春苳菊　しゅんとうぎく　晩春　⇩シネラリア（同右）

ぼたんいちげ　晩春　⇩アネモネ（72頁）

香雪蘭　こうせつらん　かうせつらん　晩春　⇩フリージア

（123頁）

ヘリオトープ　晩春

茎の先に濃紫・薄紫色の小花が密集して開く。

7音 **にほひむらさき**

香水木　こうすいぼく　かうすいぼく　晩春　⇨ヘリオトープ

松雪草　まつゆきそう　まつゆきさう　初春　⇩スノードロップ（170頁）

篝火草　かがりびそう　かがりびさう　晩春　⇩シクラメン（123頁）

はなかたばみ　晩春　⇩オキザリス（124頁）

花爪草　はなつめぐさ　晩春　⇩芝桜（しばざくら）（124頁）

糸繰草　いとくりそう　いとくりさう　晩春　⇩苧環（おだまき）の花（はな）（171頁）

群撫子　むれなでしこ　晩春　⇩霞草（かすみそう）（124頁）

都忘れ　みやこわすれ　晩春

外側が青紫色の舌状花、内側が黄色の筒状花。山地に自生する深山嫁菜（みやまよめな）の園芸種。鉢植えや花壇に多く見られる。

5音 **野春菊（のしゅんぎく）　あづまぎく**

菊の若葉　きくのわかば　仲春

スイートピー　晩春

例 スイートピー束ねてありし輪ゴムかな　行方克巳

5音 **スイトピー**

7音 **麝香豌豆（じゃこうえんどう）　にほひ豌豆（えんどう）**

8音 **麝香連理草（じゃこうれんりそう）**

苺の花　いちごのはな　晩春

新葉のあと白色で五弁の花が咲く。

5音 **花苺（はないちご）**

8音 **草苺（くさいちご）の花（はな）**

10音 **苗代苺（なわしろいちご）の花（はな）**

菜種の花　なたねのはな　晩春　⇩菜（な）の花（はな）（72頁）

花大根　はなだいこん　晩春　⇩大根（だいこん）の花（はな）（171頁）

菠薐草　ほうれんそう　はうれんそう　初春

例 不可もなし可もなし菠薐草甘し　星野麦丘人

例 都市計画ほうれん草がよく育つ　小野裕三

春大根　はるだいこん　仲春

例 水やはらか春大根を洗ふとき　草間時彦

例 実験は失敗また春大根を炊く　小倉喜郎

7音 **四月大根**（しがつだいこん）

8音 **三月大根**（さんがつだいこん）　**苗代大根**（なわしろだいこん）

アスパラガス　晩春

例 ほほゑみもアスパラガスも風の色　小林苑を

5音 **松葉独活**（まつばうど）／**石刁柏**（まつばうど）

9音 **オランダ雉隠し**（きじかくし）

西洋独活　せいよううど　晩春　⇨アスパラガス

浜防風　はまぼうふう　はまばうふう　三春　⇩防風（ぼうふう）（73頁）

防風摘み　ぼうふうつみ　ばうふうつみ　三春　⇩防風（同右）

防風掘る　ぼうふうほる　ばうふうほる　三春　⇩防風（同右）

防風取る　ぼうふうとる　ばうふうとる　三春　⇩防風（同右）

草芳し　くさかんばし　三春　⇩春の草（126頁）

例 まつさきに起きだして草芳しき　田中裕明

草芳し　くさかぐわし　くさかぐはし　三春　⇩春の草（同右）

雀隠れ　すずめがくれ　晩春

萌え出た草が、雀が隠れるほどの丈まで伸びること。

例 草に坐す雀隠れの親しさに　森澄雄

草の若葉　くさのわかば　晩春　⇩草若葉（くさわかば）（127頁）

茜菫　あかねすみれ　三春　⇩菫（すみれ）（31頁）

桜菫　さくらすみれ　三春　⇩菫（同右）

白詰草　しろつめくさ　晩春　⇩クローバー（127頁）

薺の花　なずなのはな　なづなのはな　三春

薺はアブラナ科の二年草。道端や畦に密生する。春の七草の一つ。白い四弁の小花が咲く。

5音 **花薺**（はななずな）

ぺんぺん草　ぺんぺんぐさ　三春　⇨薺の花

三味線草　しゃみせんぐさ　三春　⇨薺の花

常盤桜 ときわざくら　ときはざくら　晩春　⇩桜草(さくらそう)（128頁）

乙女桜 おとめざくら　をとめざくら　晩春　⇩桜草（同右）

楼桜 やぐらざくら　晩春　⇩桜草（同右）

化粧桜 けしょうざくら　けしやうざくら　晩春　⇩桜草（同右）

一花桜 いちげざくら　晩春　⇩桜草（同右）

雪割草 ゆきわりそう　ゆきわりさう　初春　⇩州浜草(すはまそう)（128頁）

白頭翁 はくとうおう　晩春　⇩翁草(おきなぐさ)（128頁）

しゃぐまさいこ 晩春　⇩翁草（同右）

一輪草 いちりんそう　いちりんさう　晩春

キンポウゲ科の野草。五枚の白い花弁をもつ。

5音 一花草(いちげそう)

7音 裏紅(うらべに)いちげ

陸じゅんさい りくじゅんさい　仲春　⇩羊蹄(ぎしぎし)（75頁）

薇採り ぜんまいとり　仲春　⇩薇(ぜんまい)（76頁）

薇飯 ぜんまいめし　仲春　⇩薇（同右）

干薇 ほしぜんまい　仲春　⇩薇（同右）

益斎芹 えきさいぜり　仲春　⇩芹(せり)（13頁）

つみまし草 つみましぐさ　仲春　⇩芹（同右）

蟒草 うわばみそう　うはばみさう　晩春

イラクサ科の多年草。黄白色の小花が群れて咲く。

ひょうたんぐさ 初春　⇩いぬふぐり（129頁）

いぬのふぐり 初春　⇩いぬふぐり（同右）

山吹草 やまぶきそう　やまぶきさう　晩春

ケシ科の多年草。花は黄色で四弁。

草山吹 くさやまぶき　晩春　⇨山吹草

連銭草 れんせんそう　れんせんさう　晩春　⇩垣通(かきどおし)（129頁）

疳取草 かんとりそう　かんとりさう　晩春　⇩垣通（同右）

十二単 じゅうにひとえ　じふにひとへ　晩春

シソ科の多年草。薄紫色の小花の咲く様を女官に見立てて、こう呼ばれる。

熊谷草 くまがいそう　くまがいさう　晩春

ラン科の多年草。扇型の二枚の葉の間から伸びた茎に、細い薄緑色の五弁花をつけ、薄紫色の唇弁がふくらむ。

5音 **布袋草**（ほていそう）

7音 **おおぶくろばな**

ほろかけぐさ　晩春　⇨熊谷草

報歳蘭　ほうさいらん　仲春　⇩春蘭（しゅんらん）（76頁）

鈴振草　すずふりそう　すずふりさう　晩春　⇩化偸草（えびね）（33頁）

小金鳳華　こきんぽうげ　晩春　⇩蛙の傘（ひきのかさ）（130頁）

一人静　ひとりしずか　ひとりしづか　仲春

センリョウ科の多年草。山地に自生。花は白色で穂状。

吉野静　よしのしずか　仲春　⇨一人静

眉掃草　まゆはきそう　仲春　⇨一人静

二人静　ふたりしずか　ふたりしづか　晩春

センリョウ科の多年草。白い花穂が二本並んで伸びる。

早少女花　さおとめばな　さをとめばな　晩春　⇨二人静

御形蓬　ごぎょうよもぎ　ごぎやうよもぎ　晩春　⇩母子草（ははこぐさ）（130頁）

茅萱の花　ちがやのはな　仲春　⇩茅花（つばな）（34頁）

数の子草　かずのこぐさ　晩春

畦や湿地に生えるイネ科の越年草。長い花穂に淡緑色の小穂が密生してつくさまが数の子に似ているので、この名。

雀の槍　すずめのやり　晩春　⇩雀の鉄砲（すずめのてっぽう）（177頁）

ぶんだいゆり　初春　⇩片栗の花（かたくりのはな）（172頁）

春竜胆　はるりんどう　はるりんだう　晩春

春咲きの竜胆（りんどう）（竜胆は秋の季語）。

筆竜胆　ふでりんどう　ふでりんだう　晩春　⇨春竜胆

苔竜胆　こけりんどう　こけりんだう　晩春　⇨春竜胆

山蒟蒻　やまこんにゃく　晩春　⇩蝮蛇草（まむしぐさ）（131頁）

山瑠璃草　やまるりそう　やまるりさう　晩春　⇩玻璃草（るりそう）（77頁）

猫の眼草　ねこのめそう　ねこのめさう　初春

ユキノシタ科の多年草。茎先に淡黄色の小花をつける。

8音 **山猫眼草**（やまねこのめそう）　**花猫眼草**（はなねこのめそう）　**蔓猫眼草**（つるねこのめそう）

9音　**深山猫眼草**（みやまねこのめそう）

哨吶草　ちゃるめるそう　ちやるめるさう　晩春
ユキノシタ科の多年草。紅紫色の五弁花をつける。

種漬花　たねつけばな　晩春
アブラナ科の越年草。畦や田、湿地に自生し、白く小さな四弁花をつける。稲の種籾を水に浸す「種浸し」の頃に花が咲くので、この名が付いた。

4音　**田芥**（たがらし）

灯台草　とうだいぐさ　晩春
トウダイグサ科の二年草。田舎道や畑地に多い。花は黄緑色。

5音　**沢漆**（さわうるし）

鈴振花　すずふりばな　晩春　⇨灯台草

水草生ふ　みずくさおう　みづくさおふ　仲春　⇩水草生ふ（みくさおう）（131頁）

萍生ふ　うきくさおう　うきくさおふ　仲春　⇩萍生ひ初む（うきくさおいそむ）（178頁）

蓴菜生ふ　じゅんさいおう　じゆんさいおふ　仲春　⇩蓴生ふ（ぬなわおう）（131頁）

角組む蘆　つのくむあし　仲春　⇩蘆の角（あしのつの）（132頁）

蘆の若葉　あしのわかば　晩春　⇩蘆若葉（あしわかば）（132頁）

角組む荻　つのくむおぎ　仲春　⇩荻の角（おぎのつの）（132頁）

荻の二葉　おぎのふたば　晩春　⇩荻若葉（おぎわかば）（132頁）

芽張るかつみ　めばるかつみ　晩春　⇩真菰の芽（まこものめ）（132頁）

春椎茸　はるしいたけ　三春
椎茸は現在年間を通して栽培され、春は秋に次いで収穫量が多い。
例　春椎茸雨足が見え波が見え　岸本尚毅

3音　**春子**（はるこ）

めかぶとろろ　三春　⇩和布（わかめ）（35頁）

角叉干す　つのまたほす　三春　⇩角叉（つのまた）（78頁）

浅草海苔　あさくさのり　初春　⇩海苔（のり）（14頁）

岩海苔掻き　いわのりかき　初春　⇩海苔（同右）

岩海苔摘み　いわのりつみ　初春　⇩海苔（同右）

岩海苔干し　いわのりほし　初春　⇩海苔（同右）

6
音

7音の季語

7音　時候

霞初月　かすみそめづき　初春　⇩睦月（15頁）

魚氷に上る　うおひにのぼる　うをひにのぼる　初春

七十二候で二月一四日頃からの約五日間。

9音 魚氷に上る

鴻雁来る　こうがんきたる　初春

七十二候（中国）で二月二四日頃からの約五日間。

小草生月　おぐさおいづき　おぐさおひづき　仲春　⇩如月（38頁）

玄鳥至る　げんちょういたる　げんてういたる　仲春

七十二候（中国）で三月二〇日頃からの約五日間。

三月終る　さんがつおわる　さんぐわつをはる　仲春　⇩三月尽（136頁）

春惜しみ月　はるおしみづき　晩春　⇩弥生（16頁）

春の暁　はるのあかつき　三春　⇩春暁（39頁）

春の曙　はるのあけぼの　三春　⇩春暁（同右）

鴻雁北る　こうがんかえる　こうがんかへる　晩春

七十二候（日本）で四月九日頃からの約五日間。

牡丹華さく　ぼたんはなさく　晩春

七十二候（日本）で四月三〇日頃からの約五日間。

八十八夜　はちじゅうはちや　はちじふはちや　晩春

立春から数えて八八日目。五月二日か三日頃。種蒔きの目安になるなど農家にとって重要な日。

春ぞ隔たる　はるぞへだたる　晩春　⇩行く春（41頁）

7音　天文

比良の八荒　ひらのはっこう　ひらのはつかう　仲春　⇩比

良八荒（137頁）

八講の荒れ　はっこうのあれ　はつかうのあれ　仲春　⇩比良八荒（同右）

春の長雨　はるのながあめ　三春　⇩春霖（43頁）

花時の雨　はなどきのあめ　晩春　⇩花の雨（86頁）

虫出しの雷　むしだしのらい　三春　⇩春雷（44頁）

冬眠中の虫を土の中から地表に誘い出す雷の意。

例　虫出しの雷や大きな墓ばかり　太田うさぎ

有明霞　ありあけがすみ　三春　⇩霞（18頁）

霞の衣　かすみのころも　三春　⇩霞（同右）

霞の袂　かすみのたもと　三春　⇩霞（同右）

霞の麓　かすみのふもと　三春　⇩霞（同右）

霞棚引く　かすみたなびく　三春　⇩霞（同右）

春の夕焼　はるのゆうやけ　はるのゆふやけ　三春　⇩春夕焼（138頁）

7音　地理

春の川波　はるのかわなみ　はるのかはなみ　三春　⇩春の波（88頁）

春の洪水　はるのこうずい　仲春　⇩春出水（90頁）

7音　生活

花柳衣　はなやぎごろも　晩春　⇩柳重（139頁）

青柳衣　あおやぎごろも　あをやぎごろも　晩春　⇩柳重（同右）

蕗の薹味噌　ふきのとうみそ　ふきのたうみそ　初春　⇩蕗味噌（47頁）

木の芽田楽　きのめでんがく　仲春　⇩田楽（47頁）

田楽豆腐　でんがくどうふ　仲春　⇩田楽（同右）

胡葱膾　あさつきなます　三春

浅葱を茹でて浅蜊などの魚介と酢味噌で和えたもの。

鮒の子まぶし　ふなのこまぶし　三春　⇩鮒膾（92頁）

山吹膾　やまぶきなます　三春　⇩鮒膾（同右）

山椒の皮　さんしょうのかわ　さんせうのかわ　仲春

山椒の木の皮。佃煮などにする。

4音　**からかわ**

9音　**山椒(さんしょう)の皮(かわ)剝ぐ**

白酒徳利　しろざけとくり　仲春　⇩白酒(しろざけ)（48頁）

数の子作る　かずのこつくる　晩春

鰊漁の最盛期に卵巣を塩漬けにする。数の子という呼び方は鰊の別名「かど」の子から。

6音　**数(かず)の子(こ)干(ほ)す**　**新数(しんかず)の子(こ)**

炬燵の名残　こたつのなごり　晩春　⇩炬燵塞(こたつふさ)ぐ（141頁）

ストーブ除く　晩春　⇩暖炉納(だんろおさ)む（141頁）

北窓開く　きたまどひらく　仲春

防寒防風のため閉め切っていた北向きの窓を開くこと。

例　山鳩の声の北窓ひらきけり　山田みづえ

雪囲とる　ゆきがこいとる　ゆきがこひとる　仲春

雪国で家の周りに設えた防雪の囲いを取り去ること。

6音　**雪垣解(ゆきがきと)く**　**雪除(ゆきよけ)とる**　**雪吊解(ゆきづりと)く**

冬構解く　ふゆがまえとく　仲春　⇨雪囲とる

冬囲とる　ふゆがこいとる　ふゆがこひとる　仲春　⇨雪囲とる

霜囲とる　しもがこいとる　しもがこひとる　晩春　⇩霜除(しもよけ)とる（141頁）

スケートしまふ　晩春

荻の焼原　おぎのやきはら　初春　⇩野焼(のやき)（20頁）

焼畑つくる　やきはたつくる　初春　⇩山焼(やまやき)（49頁）

羊の毛刈る　ひつじのけかる　晩春

5音　**剪毛期(せんもうき)**

羊剪毛　ひつじせんもう　晩春　⇨羊の毛刈る

磯の口開け　いそのくちあけ　晩春　⇩磯開(いそびらき)（95頁）

浜の口開け　はまのくちあけ　晩春　⇩磯開（同右）

銃猟停止　じゅうりょうていし　じゆうれふていし　晩春　⇩猟期終(りょうきおわ)る（142頁）

杉花粉症　すぎかふんしょう　すぎくわふんしやう　三春　⇩花粉症（かふんしょう）（98頁）

入学試験　にゅうがくしけん　にふがくしけん　仲春
3音 **受験**（じゅけん）
4音 **受験子**（じゅけんし）　**受験期**（じゅけんき）　**合格**（ごうかく）　**及第**（きゅうだい）
5音 **受験生**（じゅけんせい）

学年試験　がくねんしけん　仲春　⇩大試験（だいしけん）（101頁）

進級試験　しんきゅうしけん　しんきふしけん　仲春　⇩大試験（同右）

卒業試験　そつぎょうしけん　そつげふしけん　仲春　⇩大試験（同右）

卒業証書　そつぎょうしょうしょ　そつげふしようしよ　仲春　⇩大試験（同右）

新入社員　しんにゅうしゃいん　しんにふしやゐん　晩春　⇩新社員（しんしゃいん）（98頁）

7音　行事

三月節句　さんがつせっく　さんぐわつせつく　晩春　⇩桃（もも）の節句（せっく）（143頁）

弥生の節句　やよいのせっく　やよひのせつく　晩春　⇩桃の節句（同右）

鶯合せ　うぐいすあわせ　うぐひすあはせ　晩春
飼っている鶯の鳴き声を競う遊び。
5音 **鳴合せ**（なきあわせ）

水口祭　みなくちまつり　晩春
種籾を蒔いた日に、苗代の水の口で催される祭り。
5音 **種祭**（たねまつり）

苗代祭　なわしろまつり　なはしろまつり　晩春　⇨水口祭

どんたく囃子　どんたくばやし　晩春　⇩どんたく（57頁）

鴨川踊　かもがわおどり　かもがはをどり　晩春
京都市先斗町の舞妓・芸妓による歌舞の催し。五月一

7音

日～一四日。暦では夏だが、慣例上、春の季語。

十三詣　じゅうさんまいり　じふさんまゐり　晩春
新暦四月一三日・旧暦三月一三日、一三歳になった男女が虚空蔵菩薩に参詣する。京都ほか関西の行事。
5音 **知恵詣**（ちえもうで）

橿原祭　かしはらまつり　初春
二月一一日。橿原神宮（奈良県橿原市）の祭礼。

浅間祭　せんげんまつり　晩春
四月一日～五日。静岡浅間神社（静岡市）の例祭。

安良居祭　やすらいまつり　やすらゐまつり　晩春
四月第二日曜日。今宮神社（京都市）の神事。

山王祭　さんのうまつり　さんわうまつり　晩春
四月一四日。日吉神社（大津市）の例祭。

高山祭　たかやままつり　晩春
四月一四日～一五日。日枝（ひえ）神社（岐阜県高山市）の祭礼。

犬山祭　いぬやままつり　晩春
四月第一土曜日・日曜日。針綱（はりつな）神社（愛知県犬山市）の祭礼。

靖国祭　やすくにまつり　晩春
靖国神社（東京）の春季例大祭。四月二一日～二三日。

仏の産湯　ほとけのうぶゆ　晩春　⇩甘茶（あまちゃ）（23頁）

小野小町忌　おののこまちき　晩春　⇩小町忌（こまちき）（58頁）

7音 動物

熊穴を出づ　くまあなをいづ　仲春

熊穴を出る　くまあなをでる　仲春　⇨熊穴を出づ

馬の子生る　うまのこうまる　晩春　⇩馬の子（うまのこ）（61頁）

鹿の角落つ　しかのつのおつ　晩春　⇩落し角（おとしづの）（106頁）

亀の看経　かめのかんきん　三春　⇩亀鳴く（かめなく）（61頁）

蟇穴を出づ　ひきあなをいづ　仲春
4音 **蟇出づ**（ひきいづ）

蟇穴を出る　ひきあなをでる　仲春　⇨蟇穴を出づ

蛇穴を出づ　へびあなをいづ　仲春

例　けつかうな御世とや蛇も穴を出る　一茶

4音　**蛇出づ**（へびいづ）

蛇穴を出る　へびあなをでる　仲春　⇨蛇穴を出づ

殿様蛙　とのさまがえる　とのさまがへる　三春　⇩蛙（かわず）（24頁）

海猫渡る　うみねこわたる　仲春

海猫が越冬地から繁殖地である近距離の島に渡ること。

5音　**ごめ渡る**（わた）

鳥雲に入る　とりくもにいる　仲春

北方へ帰る渡り鳥の群れが雲間に見えなくなること。

例　路地からも鳥雲に入る天が見ゆ　能村登四郎

5音　**鳥雲に**（とりくも）

雲に入る鳥　くもにいるとり　仲春　⇨鳥雲に入る

かりがね帰る　仲春　⇩雁帰る（かりかえ）（108頁）

白鳥帰る　はくちょうかえる　はくてうかへる　仲春

高麗鰯　こうらいいわし　かうらいいわし　晩春　⇩鰊（にしん）（25頁）

鮒の巣離れ　ふなのすばなれ　晩春　⇩初鮒（はつぶな）（64頁）

雪代山女　ゆきしろやまめ　仲春

雪解け水で水量の増えた渓流で獲れる山女。

雪代岩魚　ゆきしろいわな　ゆきしろいはな　仲春

雪解け水で水量の増えた渓流で獲れる岩魚。

万年鮑　まんねんあわび　まんねんあはび　三春　⇩常節（とこぶし）（65頁）

蟻穴を出づ　ありあなをいづ　仲春

例　蟻穴を出づひとつぶの影を得て　津川絵理子

4音　**蟻出づ**（ありいづ）

蟻穴を出る　ありあなをでる　仲春　⇨蟻穴を出づ

例　蟻穴を出て見覚えのない財布　佐山哲郎

黒雀蜂　くろすずめばち　三春　⇩蜂（はち）（11頁）

7音　植物

つらつら椿　つらつらつばき　三春　⇩椿（つばき）（27頁）

薄墨桜 うすずみざくら 晩春 ⇩桜（28頁）

大島桜 おおしまざくら 晩春 ⇩桜（同右）

大山桜 おおやまざくら おほやまざくら 晩春 ⇩桜（同右）

上溝桜 うわみずざくら うはみずざくら 晩春 ⇩桜（同右）

金剛桜 こんごうざくら こんがうざくら 晩春 ⇩桜（同右）

左近の桜 さこんのさくら 晩春 ⇩桜（同右）

楊貴妃桜 ようきひざくら 晩春 ⇩桜（同右）

秋色桜 しゅうしきざくら しうしきざくら 晩春 ⇩桜（同右）

桜蘂降る さくらしべふる 晩春

桜の花弁が散った後、蘂が萼（がく）から離れて散ること。

例 目をつむる遊びに桜蘂降れり　小林苑を

山茱萸の花 さんしゅゆのはな 初春

ミズキ科の落葉小高木。黄色の小花が集まって咲く。

例 山茱萸の花の数ほど雫ため　今井つる女

例 山茱萸の花完結のなく続く　後藤夜半

4音 **山茱萸**（さんしゅゆ）

春黄金花 はるこがねばな 初春 ⇨山茱萸の花

こぶしはじかみ 仲春 ⇩辛夷（こぶし）（28頁）

三椏の花 みつまたのはな 仲春

ジンチョウゲ科の落葉低木。黄色の筒状の花を咲かせる。樹皮が和紙の原料になる。

例 三椏の花三三が九三三が九　稲畑汀子

4音 **三椏**（みつまた）

結香の花 むすびきのはな 仲春 ⇨三椏の花

郁李の花 にわうめのはな にはうめのはな 晩春

バラ科の落葉低木。枝の節に数個ずつ咲く花は淡紅色や白。

5音 **にはざくら**

6音 **こうめの花**（はな）

桜桃の花 おうとうのはな あうたうのはな 晩春

桜に似た木で、淡紅色の蕾から白い五弁の花が咲く。

3音 **チェリー**

8音 西洋実桜

満天星の花 どうだんのはな 晩春

生け垣などに多く見られるツツジ科の落葉低木。白い壺状の小花が垂れて咲く。その様を満天の星に譬えてこの名。

例 満天星の花がみな鳴る夢の中 平井照敏

満天星躑躅 どうだんつつじ 晩春 ⇨満天星の花

雲仙躑躅 うんぜんつつじ 晩春 ⇩躑躅（29頁）

霧島躑躅 きりしまつつじ 晩春 ⇩霧島躑躅（69頁）

オランダ躑躅 仲春 ⇩アザレア（69頁）

垂糸海棠 すいしかいどう 晩春 ⇩海棠（68頁）

山査子の花 さんざしのはな 晩春

高さ二メートルほどで、花は梅に似て、白く五弁。

6音 メイフラワー

小粉団／小手毬／小手鞠の花 こでまりのはな 晩春

江戸期に中国から渡来、庭木として広まった。白い五弁の小花が多数、鞠状に集まり弓状に垂れる。

例 こでまりの花に眠くてならぬ犬 辻田克巳

例 急病の人こでまりの花かげに 岸本尚毅

5音 団子花

烏木蓮 からすもくれん 仲春 ⇩木蓮（69頁）

からもものはな 晩春 ⇩杏の花（150頁）

からぼけの花 晩春 ⇩榠樝の花（150頁）

西洋榠樝 せいようかりん せいやうくわりん 晩春 ⇩榠樝の花（同右）

榲桲の花 まるめろのはな 晩春

バラ科の落葉高木。葉が出た後に五センチほどの桃白色の五弁花が咲く。榲桲の実は秋の季語。

春女郎花 はるおみなえし はるをみなへし 晩春 ⇩纈草（120頁）

川端柳 かわばたやなぎ かはばたやなぎ 晩春 ⇩柳（30頁）

草木瓜の花 くさぼけのはな 晩春 ⇩樝子の花（150頁）

十返りの花 とがえりのはな 晩春 ⇩松の花（120頁）

ぎんなんの花　晩春　⇩銀杏の花（151頁）

山梨の花／棠梨の花　やまなしのはな　晩春

山梨はバラ科の落葉木。白く小さな五弁花をつける。

6音 **小梨の花**

鹿梨の花　しかなしのはな　晩春　⇨山梨の花

岩梨の花　いわなしのはな　いはなしのはな　晩春

ツツジ科の常緑小低木。卵形の葉の縁に褐色の毛がある。淡紅色の筒状の花をつける。

4音 **いばなし**

赤楊の花　はんのきのはな　仲春　⇩榛の花（120頁）

はりの木の花　仲春　⇩榛の花（同右）

鶯神楽　うぐいすかぐら　うぐひすかぐら　晩春

スイカズラ科の落葉低木。小さな桃色の五弁花が下向きに咲く。

白樺の花　しらかばのはな　晩春

白樺は本州中部以北の山地や高原に自生する落葉高木。雌花は緑色で枝上に直立し、二センチほど。黄褐色の雄花はそれよりやや長く、紐状に垂れ下がる。

5音 **樺の花　花かんば**

6音 **かんばの花**

瑠璃溝隠　るりみぞかくし　晩春　⇩ロベリア（71頁）

黒文字の花　くろもじのはな　晩春

クスノキ科の落葉低木。淡黄色の小さな五弁花。

えのころやなぎ　初春　⇩猫柳（121頁）

楊梅の花／山桃の花　やまもものはな　仲春

ヤマモモ科の常緑樹。葉の根元から花穂を伸ばし、小さな桃色の四弁花をつける。単に「楊梅」また「楊梅の実」は夏の季語。

木苺の花　きいちごのはな　晩春

山野に自生するバラ科の木。花は白く五弁で下向きに咲く。

5音 **粟苺**

6音 もみじ苺(いちご) 下り苺(さがりいちご)

枸橘の花 からたちのはな 晩春

ミカン科の落葉低木。枝に棘が多く、生垣にされることも多い。香りが強く、新葉より先に、白い大きな五弁花が咲く。

4音 枸橘(からたち)

接骨木の花 にわとこのはな にはとこのはな 晩春

スイカズラ科の落葉低木。緑白色の小花が多数つく。

5音 たずの花(はな) みやつこぎ

山桑の花 やまくわのはな やまくはのはな 晩春 ⇩桑(くわ)（12頁）

莽草の花 しきそうのはな しきさうのはな 晩春 ⇩樒の花(しきみのはな)（152頁）

こうの木の花 晩春 ⇩樒の花（同右）

こぞの木の花 晩春 ⇩楮の花(こうぞのはな)（152頁）

かみの木の花 晩春 ⇩楮の花（同右）

篠懸の花 すずかけのはな 晩春

葉の付け根に小さな淡黄色の花をつける。花のあとに垂れてくる珠状果が山伏(やまぶし)の篠懸に似ていることから、この名が付いた。

8音 プラタナスの花

松葉簪 まつばかんざし 仲春 ⇩浜簪(はまかんざし)（152頁）

黄心樹の花 おがたまのはな をがたまのはな 晩春

モクレン科の常緑高木。花は白く底のあたりが紫を帯びる。

8音 黄心樹木蘭(おがたまもくれん)

柃の花／姫榊の花／野茶の花 ひさかきのはな 晩春

ツバキ科の常緑小高木。雌雄異株。雄花は雌花より大きく壺状で、多数が集まって鈴なりに咲く。雌花は鐘型で黄白色。

山女の花 やまひめのはな 晩春 ⇩通草の花(あけびのはな)（152頁）

がめの木の花 晩春 ⇩山帰来の花(さんきらいのはな)（177頁）

さるとりいばら 晩春 ⇩山帰来の花（同右）

がんだちいばら 晩春 ⇩山帰来の花（同右）

からたちいばら 晩春 ⇩山帰来の花（同右）

竹の秋風 たけのあきかぜ 晩春 ⇩竹の秋（121頁）

春の筍 はるのたけのこ 晩春

筍は初夏の季語。冬から春にかけて早く出る筍のこと。

4音 **春筍**（しゅんじゅん）

6音 **春筍**（はるたけのこ）

三色菫 さんしきすみれ 晩春

例 鉢に乱れし三色菫地にかへす 軽部烏頭子

3音 **ヴィオラ**

4音 **胡蝶花**（こちょうか） **パンジー**

5音 **遊蝶花**（ゆうちょうか）

喇叭水仙 らっぱすいせん らつぱすゐせん 仲春

5音 **ダッフォディル**

8音 **桃色水仙**（ももいろすいせん）

紫花菜 むらさきはなな 仲春 ⇩諸葛菜（しょかつさい）（117頁）

瓔珞牡丹 ようらくぼたん やうらくぼたん 晩春 ⇩華鬘草（けまんそう）（122頁）

浅黄水仙 あさぎずいせん 晩春 ⇩フリージア（123頁）

にほひむらさき におい むらさき 晩春 ⇩ヘリオトープ（154頁）

スノードロップ 初春

二枚の幅広の葉の間から花茎が伸び、白い花をつける。

5音 **ゆきのはな** **ガランサス**

6音 **松雪草**（まつゆきそう）

スノーフレーク 晩春

剣状の葉から伸びた花茎の先に釣鐘状の白い小花をつける。

8音 **鈴蘭水仙**（すずらんずいせん） **大松雪草**（おおまつゆきそう）

笹葉銀蘭 ささばぎんらん 晩春 ⇩銀蘭（ぎんらん）（76頁）

袋撫子 ふくろなでしこ 晩春

ナデシコ科の一年草。桃色や白の二裂した五弁花を咲かせる。

モスフロックス　晩春　⇩芝桜（しばざくら）（124頁）

おおぶくろばな　おほぶくろばな　晩春　⇩熊谷草（くまがいそう）（156頁）

狐の牡丹　きつねのぼたん　晩春

キンポウゲ科の多年草。花は淡黄色で卵型の五弁。茎に細かい毛のあるものを「山狐の牡丹」と呼ぶ。

4音　毛茛（もうこん）

9音　山狐の牡丹（やまぎつねのぼたん）

苧環の花　おだまきのはな　晩春

キンポウゲ科の常緑多年草。茎は二〇～三〇センチ。青紫または白色の五弁花。

4音　苧環（おだまき）　糸繰（いとくり）

6音　糸繰草（いとくりそう）

小米撫子　こごめなでしこ　晩春　⇩霞草（かすみそう）（124頁）

麝香豌豆　じゃこうえんどう　じやこうゑんどう　晩春　⇩スイートピー（154頁）

にほひ豌豆　においえんどう　にほひゑんどう　晩春　⇩スイートピー（同右）

菜の花畑　なのはなばたけ　晩春　⇩菜の花（72頁）

例　地図持たぬ旅の菜の花畑かな　齋藤朝比古

大根の花　だいこんのはな　晩春

白または薄紫色の四弁花。種を採るために咲かせる。

例　大根の花まで飛んでありし下駄　波多野爽波

6音　花大根（はなだいこん）

蚕豆の花　そらまめのはな　晩春　⇩豆の花（124頁）

豌豆の花　えんどうのはな　ゑんどうのはな　晩春

例　浅間晴れて豌豆の花真白なり　高浜虚子

例　花ゑんどう蝶になるには風足らず　大串章

四月大根　しがつだいこん　しぐわつだいこん　仲春　⇩春大根（はるだいこん）（155頁）

千本分葱　せんぼんわけぎ　仲春　⇩浅葱（あさつき）（73頁）

青茎山葵　あおくきわさび　あをくきわさび　晩春　⇩山葵（わさび）

（31頁）

赤茎山葵　あかくきわさび　晩春　⇩山葵（同右）

駒返る草　こまがえるくさ　こまがへるくさ　初春

草が春になって青々としてくること。

若返る草　わかがえるくさ　わかがへるくさ　初春　⇨駒返る草

草駒返る　くさこまがえる　くさこまがへる　初春　⇨駒返る草

末黒の芒　すぐろのすすき　初春

野焼で草木が黒く焦げた野原から萌え出る芒。

例　暁の雨やすぐろの薄（すすき）はら　蕪村

5音　**芒（すすき）の芽（め）**

黒生の芒　くろうのすすき　初春　⇨末黒の薄

焼野の芒　やけののすすき　初春　⇨末黒の薄

叡山菫　えいざんすみれ　三春　⇩菫（すみれ）（31頁）

相撲取草　すもうとりぐさ　三春　⇩菫（同右）

オランダげんげ　晩春　⇩クローバー（127頁）

蒲公英の絮　たんぽぽのわた　三春　⇩蒲公英（たんぽぽ）（74頁）

例　たんぽぽの絮の爆発ねむい午後　穴井太

例　たんぽぽの絮の円満具足かな　鷹羽狩行

例　たんぽぽの絮吹くに胸きしませて　二村典子

裏紅いちげ　うらべにいちげ　晩春　⇩一輪草（いちりんそう）（156頁）

みやまいたどり　仲春　⇩虎杖（いたどり）（75頁）

おほいぬふぐり　初春　⇩いぬふぐり（129頁）

うまのあしがた　晩春　⇩金鳳花（きんぽうげ）（129頁）

蕗のしゅうとめ　ふきのしゅうとめ　初春　⇩蕗（ふき）の薹（とう）（130頁）

雀の枕　すずめのまくら　晩春　⇩雀（すずめ）の鉄砲（てっぽう）（177頁）

片栗の花　かたくりのはな　初春

ユリ科の多年草。紫色の六弁の花が下向きに咲く。

4音　**かたばな**

6音　**ぶんだいゆり**

マンゴーの花　三春

東南アジア原産の常緑高木。密集して咲く萌黄色の花は独特の臭気をもち虫媒花。

堅香子の花　かたかごのはな　初春　⇨片栗の花

蛇の大八　へびのだいはち　晩春　⇩蝮蛇草（131頁）

猩々袴　しょうじょうばかま　しやうじやうばかま　晩春

ユリ科の多年草。新葉の前に花茎が出て、その先に多くの花をつける。色は淡紅色や紫色。

旗竿の花　はたざおのはな　晩春

アブラナ科の多年草。茎上部に白い四弁の花をつける。

水草生ひ初む　みくさおいそむ　みくさおひそむ　仲春　⇩水草生ふ（☆頁）

和蘭芥子　おらんだがらし　三春　⇩クレソン（77頁）

二叉搗布　ふたまたかじめ　晩春　⇩荒布（35頁）

7音

8音の季語

8音　時候

立春大吉　りっしゅんだいきち　初春　⇩立春（りっしゅん）（37頁）

例　立春大吉えびせんべいにえびのひげ　菊田一平

桃始めて笑く　ももはじめてさく　仲春

七十二候（日本）で三月一一日頃からの約五日間。

菜虫蝶と化る　なむしちょうとなる　なむしてふとなる　仲春

七十二候（日本）で三月一六日頃からの約五日間。

竜天に登る　りゅうてんにのぼる　仲春

竜は春分に天に登るという中国の伝説から。

例　竜天に昇り煙は地を這へる　馬場龍吉

例　竜天に登るはなしを二度三度　宇多喜代子

太郎の朔日　たろうのついたち　仲春　⇩初朔日（はつついたち）（135頁）

次郎の朔日　じろうのついたち　じらうのついたち　仲春　⇩初朔日（はつついたち）（同右）

8音　天文

黄塵万丈　こうじんばんじょう　三春　⇩霾（つちふる）（43頁）

8音　地理

短冊苗代　たんざくなわしろ　たんざくなはしろ　晩春　⇩苗代（なわしろ）（45頁）

8音　生活

柳蒸鰈　やなぎむしがれい　やなぎむしがれひ　三春　⇩蒸鰈（むしがれい）（92頁）

栄螺の壺焼　さざえのつぼやき　三春　⇩壺焼（つぼやき）（48頁）

8音　行事

建国記念日　けんこくきねんび　仲春

二月一一日。国民の祝日。

5音 **紀元節(きげんせつ)**　**梅花節(ばいかせつ)**

6音 **建国(けんこく)の日(ひ)**　**建国祭(けんこくさい)**

寺請証文　てらうけしょうもん　初春　⇩絵踏(えぶみ)（23頁）

憲法記念日　けんぽうきねんび　けんぱふきねんび　晩春

五月三日。国民の祝日。一九四七年（昭和二二年）五月三日に日本国憲法が施行されたことを記念。

エイプリルフール　晩春　⇩四月馬鹿(しがつばか)（100頁）

例　エイプリルフールのドアの覗き穴　西原天気

みどりの月間　みどりのげつかん　仲春

国土緑化・自然保護運動。一九五〇年開始当初は四月一日からの一週間。一九八九年から二〇〇六年に廃止されるまでは四月二三日からの一週間が「みどりの週間」に。現在は四月一五日から五月一四日までが「みどりの月間」。

5音 **植樹祭(しょくじゅさい)**

みどりの週間　みどりのしゅうかん　みどりのしうかん　仲春

⇨みどりの月間(げつかん)

黄金週間　おうごんしゅうかん　わうごんしうかん　晩春

9音 **ゴールデンウィーク**

バレンタインデー　初春

二月一四日。カップルが愛を祝う欧米の慣習。

4音 **愛(あい)の日(ひ)**

10音 **聖(せい)バレンタインデー**

12音 **セイントバレンタインデー**

バレンタインの日　初春　⇨バレンタインデー

イースターエッグ　晩春　⇩復活祭(ふっかつさい)（145頁）

北野菜種御供　きたのなたねごく　初春

二月二五日（菅原道真の忌日）。北野天満宮（京都市）

の祭礼。

阿蘇火振り神事　あそひぶりしんじ　仲春
三月中旬。阿蘇神社（熊本県阿蘇市）の火祭りの神事。

気多平国祭　けたへいこくさい　仲春
三月一八日～二三日。気多神社（石川県羽咋市）の祭礼。

大原野祭　おおはらのまつり　おほはらのまつり　晩春
四月八日。大原野神社（京都市）の例祭。

年祈ひの祭　としごいのまつり　としごひのまつり　初春　⇩祈年祭（101頁）

8音　動物

蜥蜴穴を出づ　とかげあなをいづ　仲春
5音 ▷ 蜥蜴出づ

蜥蜴穴を出る　とかげあなをでる　仲春　⇨蜥蜴穴を出づ

鶯の初音　うぐいすのはつね　うぐひすのはつね　三春　⇩鶯（61頁）

地虫穴を出づ　じむしあなをいづ　ぢむしあなをいづ　仲春
冬眠から覚めて土から出てくる虫の総称。
5音 ▷ 地虫出づ

地虫穴を出る　じむしあなをでる　ぢむしあなをでる　仲春
⇨地虫穴を出づ

8音　植物

紫丁香花　むらさきはしどい　晩春　⇩ライラック（116頁）

梅桜の花／英桃の花　ゆすらうめのはな　⇩山桜桃の花（149頁）

西洋実桜　せいようみざくら　せいやうみざくら　晩春　⇩桜桃の花（166頁）

巴旦杏の花　はたんきょうのはな　晩春　⇩李の花（149頁）

公孫樹の花　こうそんじゅのはな　晩春　⇩銀杏の花（151頁）

プラタナスの花　晩春　⇩篠懸の花（169頁）

黄心樹木蘭　おがたまもくれん　晩春　⇩黄心樹の花（おがたまのはな）（169頁）

山帰来の花　さんきらいのはな　晩春

蔓性低木。黄白色の細かい花が開いた後に小さな実ができる。台湾や中国の山帰来と呼ばれるものとは別種。

3音 **かから**

7音 **がめの木の花（がめのきのはな）**　**さるとりいばら**　**がんだちいばら**　**からたちいばら**

桃色水仙　ももいろすいせん　仲春　⇩喇叭水仙（らっぱすいせん）（170頁）

房咲水仙　ふさざきすいせん　ふさざきすゐせん　仲春

口紅水仙　くちべにすいせん　くちべにすゐせん　晩春

6音 **早生口紅（わせくちべに）**

大紫羅欄花　おおあらせいとう　仲春　⇩諸葛菜（しょかつさい）（117頁）

さんしきかみつれ　晩春　⇩花輪菊（はなわぎく）（122頁）

鈴蘭水仙　すずらんずいせん　晩春　⇩スノーフレーク（170頁）

大松雪草　おおまつゆきそう　おほまつゆきさう　晩春　⇩スノーフレーク（同右）

草苺の花　くさいちごのはな　晩春　⇩苺の花（いちごのはな）（154頁）

春咲きサフラン　はるざきさふらん　初春　⇩クロッカス（123頁）

麝香連理草　じゃこうれんりそう　じやかうれんりさう　晩春　⇩スイートピー（154頁）

玉巻く甘藍　たままくかんらん　仲春　⇩春キャベツ（125頁）

三月大根　さんがつだいこん　仲春　⇩春大根（はるだいこん）（155頁）

苗代大根　なわしろだいこん　なはしろだいこん　仲春　⇩春大根（同右）

白花たんぽぽ　しろばなたんぽぽ　三春　⇩蒲公英（たんぽぽ）（74頁）

西洋たんぽぽ　せいようたんぽぽ　せいやうたんぽぽ　三春　⇩蒲公英（同右）

食用たんぽぽ　しょくようたんぽぽ　三春　⇩蒲公英（同右）

ししのくびすの木　晩春　⇩化偸草（えびね）（33頁）

山慈姑の花　やまくわいのはな　仲春　⇩甘菜（あまな）（34頁）

雀の鉄砲　すずめのてっぽう　すずめのてつぱう　晩春

イネ科の二年草。淡緑色の棒状の花穂をつける。

4音 槍草（やりぐさ）

6音 雀の槍（すずめのやり）

7音 雀の枕（すずめのまくら）

雀の帷子　すずめのかたびら　初春

イネ科の二年草。淡緑色の卵形の花穂をつける。

山猫眼草　やまねこのめそう　やまねこのめさう　初春　⇩猫（ねこ）の眼草（めそう）（157頁）

花猫眼草　はなねこのめそう　はなねこのめさう　初春　⇩猫の眼草（同右）

蔓猫眼草　つるねこのめそう　つるねこのめさう　初春　⇩猫の眼草（同右）

萍生ひ初む　うきくさおいそむ　うきくさおひそむ　仲春

萍（夏の季語）が水面に現れ始めること。

6音 萍生ふ（うきくさお）

9音の季語

9音　時候

魚氷に上る　うおこおりにのぼる　うをこほりにのぼる　⇩魚氷（うおひ）に上（のぼ）る（160頁）

蛙の目借り時　かわずのめかりどき　かはずのめかりどき　晩春

春の眠気を感じる頃のこと。蛙が人の目を借りるとの俗信から。

5音 **目借（めか）り時（どき）**

6音 **めかる蛙（かわず）**

例　鉄槌の火入れ蛙の目借時　飯田龍太

葭始めて生ず　あしはじめてしょうず　あしはじめてしやうず　晩春

七十二候（日本）で四月一九日頃からの約五日間。

9音　生活

山椒の皮剝ぐ　さんしょうのかわはぐ　さんせうのかははぐ

仲春　⇩山椒（さんしょう）の皮（かわ）（162頁）

9音　行事

ゴールデンウィーク　⇩黄金週間（おうごんしゅうかん）（175頁）

豊橋鬼祭　とよはしおにまつり　初春

二月一〇日〜一一日。安久美神戸（あくみかんべ）神明社（愛知県豊橋市）の神事。

吉田の鬼祭　よしだのおにまつり　⇨豊橋鬼祭

大和神幸祭　やまとしんこうさい　やまとしんかうさい　晩春

四月一日。大和神社（奈良県天理市）の祭礼。

鎮花祭　はなしずめのまつり　はなしづめのまつり　晩春

四月一八日。大神（おおみわ）神社（奈良県桜井市）の祭礼。

9音　動物

八丈宝貝　はちじょうたからがい　はちぢやうたからがひ　三春　⇩子安貝（こやすがい）（111頁）

9音　植物

アメリカヤマボウシ　晩春　⇩花水木（はなみずき）（116頁）

紅花翁草　べにはなおきなぐさ　晩春　⇩アネモネ（72頁）

大花君子蘭　おおばなくんしらん　おほばなくんしらん　仲春　⇩君子蘭（くんしらん）（124頁）

オランダ雉隠し　おらんだきじかくし　晩春　⇩アスパラガス（155頁）

紫苜蓿　むらさきうまごやし　晩春　⇩クローバー（127頁）

深山猫眼草　みやまねこのめそう　みやまねこのめさう　初春　⇩猫の眼草（ねこのめそう）（157頁）

大葉種漬花　おおばたねつけばな　仲春　⇩ていれぎ（77頁）

浜大根の花　はまだいこんのはな　晩春
アブラナ科の多年草。花は淡紫色で十字形の四弁。

山狐の牡丹　やまぎつねのぼたん　晩春　⇩狐の牡丹（きつねのぼたん）（171頁）

10音以上の季語

10音　時候

東風氷を解く　とうふうこおりをとく　とうふうこほりをとく

初春

七十二候で立春二月四日頃からの約五日間。

獺魚を祭る　かわうそうおをまつる　かはうそうををまつる

初春

七十二候（中国）で二月一九日頃からの約五日間。獺は捕まえた魚をすぐには食べず岸に並べる。それが祭事の供え物のように見えることから。

4音　**獺祭**（だつさい）

5音　**獺祭魚**（だつさいぎょ）

6音　**獺の祭**（おそのまつり）

草木萌動く　そうもくきざしうごく　さうもくきざしうごく

初春

七十二候で三月一日頃からの約五日間。

桃始めて華さく　ももはじめてはなさく　仲春

七十二候（中国）で三月六日頃からの約五日間。

鷹化して鳩と為る　たかかしてはととなる　仲春

七十二候（中国）で三月一六日頃からの約五日間。春の陽気のなか、鷹が鳩に変身するという古代中国の故事から。

例　鷹化して鳩となりけり祖母にひげ　津川絵理子

雀始めて巣くふ　すずめはじめてすくう　すずめはじめてすくふ　仲春

七十二候（日本）で三月二〇日頃からの約五日間。

始めて雷す　はじめていなびかりす　仲春

七十二候（中国）で三月三〇日頃からの約五日間。

10音以上

桐始めて華さく　きりはじめてはなさく　晩春
七十二候（中国）で四月四日頃からの約五日間。

虹始めて見る　にじはじめてあらわる　にじはじめてあらはる　晩春
七十二候で四月一四日頃からの約五日間。

霜止んで苗出づる　しもやんでなえいづる　しもやんでなへいづる　晩春
七十二候（日本）で四月二五日頃からの約五日間。

戴勝桑に降る　たいしょうくわにくだる　たいしようくはにくだる　晩春
七十二候（中国）で四月三〇日頃からの約五日間。古代中国で、戴勝（ヤツガシラ科の鳥）が桑の木にとまって蚕が生まれるとされたことから。

10音　生活

馬鈴薯の種おろし　じゃがいものたねおろし　仲春　⇩
馬鈴薯（じゃがいも）植う（141頁）

10音　行事

八幡初卯神楽　やわたはつうのかぐら　やはたはつうのかぐら　仲春
旧暦二月初卯の日に石清水（いわしみず）八幡宮（京都府八幡市）で行われる祭礼。

雄勝法印神楽　おがつほういんかぐら　をがつほふいんかぐら　初春
旧暦二月一八日。宮城県石巻市の旧雄勝町に伝わる神楽。

春日御田植祭　かすがおたうえまつり　かすがおたうゑまつり　仲春
三月一五日。春日大社（奈良市）の祭事。

松尾祭御出　まつおのまつりおいで　まつをのまつりおいで　晩春
四月二〇日以降で最初の日曜。松尾大社（京都市）の祭礼。

二月堂の行　にがつどうのおこない　にぐわつだうのおこない
仲春　⇩修二会（しゅにえ）（23頁）

聖バレンタインデー　初春　⇩バレンタインデー（175頁）

10音　動物

鶯の谷渡り　うぐいすのたにわたり　うぐひすのたにわたり
三春　⇩鶯（61頁）

10音　植物

よぐそみねばりの花　晩春　⇩梓（あずさ）の花（はな）（151頁）

苗代苺の花　なわしろいちごのはな　なはしろいちごのはな
晩春　⇩苺（いちご）の花（はな）（154頁）

11音　時候

蟄虫始めて振ふ　ちっちゅうはじめてふるふ　ちつちゆうはじめてふるふ　初春
七十二候（中国）で立春二月九日頃からの約五日間。
蟄虫（地中で越冬する虫）が活動を始めること。

霞始めて靆く　かすみはじめてたなびく　初春
七十二候（日本）で二月二四日頃からの約五日間。

蟄虫戸を啓く　すごもりむしとをひらく　仲春
七十二候（日本）で三月六日頃からの約五日間。蟄虫（地中で越冬する虫）が地上に出てくること。

萍始めて生ず　うきくさはじめてしょうず　うきくさはじめてしやうず　晩春
七十二候（中国）で四月一九日頃からの約五日間。

11音　行事

泉岳寺義士大祭　せんがくじぎしたいさい　晩春　⇩義士（ぎし）祭（さい）（56頁）

雪中花水祝　せっちゅうはなみずいわい　せつちゆうはなみづ

いわひ　初春

二月一一日。藪上神社（新潟県魚沼市）の祭礼。

12音　時候

土脉潤ひ起こる　つちのしょううるおいおこる　つちのしやうるおひおこる　初春

七十二候（日本）で二月一九日頃からの約五日間。雪や氷の下で固くなっていた土が、春の雨などで水分を取り戻す時期という意味。

田鼠化して鴽と為る　でんそかしてうずらとなる　でんそかしてうづらとなる　晩春

七十二候（中国）で四月九日頃からの約五日間。古代中国で、田鼠（モグラ）が鴽になって地上で活動すると考えられたことから。

鳴鳩其羽を払ふ　めいきゅうそのはねをはらう　めいきうそのはねをはらふ　晩春

七十二候（中国）で四月二五日頃からの約五日間。鳴鳩（ハト。一説にはカッコウ）が毛づくろいを始めるという意味。

12音　行事

淡嶋神社雛祭　あわしまじんじゃひなまつり　あはしまじんじやひなまつり　仲春

三月三日。淡嶋神社（和歌山市）の祭礼。

セイントバレンタインデー　初春　⇩バレンタインデー（175頁）

13音　行事

鞆八幡の御弓神事　ともはちまんのおゆみしんじ　初春

二月第二日曜日。沼名前神社（広島県福山市）の神事。

14音　時候

雷乃ち声を発す　かみなりすなわちこえをはっす　かみなりすなはちこゑをはつす　仲春

七十二候（中国）で三月二五日頃からの約五日間。春になって雷が鳴り始める時期のこと。雷鳴は雷神の声と考えられた。「雷乃（かみなりすなわち）声（こえ）を収（おさ）む」（秋分の初め）と対になっている。

監修者略歴――――
岸本尚毅(きしもと・なおき)

俳人。1961年岡山県生まれ。『「型」で学ぶはじめての俳句ドリル』『ひらめく！作れる！俳句ドリル』『十七音の可能性』『文豪と俳句』『室生犀星俳句集』など編著書多数。岩手日報・山陽新聞選者。俳人協会新人賞、俳人協会評論賞など受賞。2018・2021年度のEテレ「NHK俳句」選者。角川俳句賞等の選考委員をつとめる。公益社団法人俳人協会評議員。

編者略歴――――
西原天気(さいばら・てんき)

1955年生まれ。句集に『人名句集チャーリーさん』(2005年・私家版)、『けむり』(2011年10月・西田書店)。2007年4月よりウェブサイト「週刊俳句」を共同運営。2010年7月より笠井亞子と『はがきハイク』を不定期刊行。

音数で引く俳句歳時記・春

2023年3月6日　第1刷発行

監修者　岸本尚毅
編　者　西原天気
装幀者　間村俊一
発行者　藤田　博
発行所　株式会社 草思社
〒160-0022　東京都新宿区新宿1-10-1
電話　営業 03(4580)7676　編集 03(4580)7680

本文組版　株式会社 キャップス
印刷所　中央精版印刷 株式会社
製本所　大口製本印刷 株式会社

ISBN978-4-7942-2640-2 Printed in Japan　検印省略

主要季語索引

う

え

お

か

き

し

す

せ

そ

た

ち

つ

て

と

な

に

ぬ

ね

の

は

ひ

ふ

へ

ほ

ま

み

む

め

も

や